세 마리 토끼 잡는

초등 독해력

C1

초등 3-1

NE 능률

이 책을 쓴 분들_

강영주(지에밥 창작연구소 대표, 작가, 〈세 마리 토끼 잡는 독서 논술〉 대표 필자)
김경선(작가, 〈세 마리 토끼 잡는 독서 논술〉 집필)
한화주(작가, 〈세 마리 토끼 잡는 독서 논술〉 집필)
한현주(작가, 〈세 마리 토끼 잡는 독서 논술〉 집필)
이현정(작가, 〈세 마리 토끼 잡는 독서 논술〉 집필)

이 책을 만든 분들_

박지영(작가, 기획 편집자), 채현애(기획 편집자), 박정의(기획 편집자),
권정희(기획 편집자), 지은혜(기획 편집자), 강영주(작가, 기획 편집자)

세 마리 토끼 잡는 초등 독해력 C단계 1권

개정판 5쇄: 2024년 5월 15일
총괄 김진홍 | **기획 및 편집** 지에밥 창작연구소 | **연구원** 이자원, 박수희 | **펴낸이** 주민홍 | **펴낸곳** ㈜NE능률 | **디자인** 장현순, 윤혜민 | **그림** 우지현, 김잔디, 안지선, 김정진, 윤유리, 이덕진, 이창섭, 고수경, 장여회, 김규준, 김석류 | **영업** 한기영, 이경구, 정철교, 김중희, 김남준, 이우현, 정민욱 | **마케팅** 박혜선, 남경진, 허유나, 이지원, 김여진 | **주소** 서울특별시 마포구 월드컵북로 396(상암동) 누리꿈스퀘어 비즈니스타워 10층 (우편번호 03925) | **전화** (02)2014-7114 | **팩스** (02)3142-0356 | **홈페이지** www.nebooks.co.kr | **ISBN** 979-11-253-3612-9 | 979-11-253-3616-7 (set)

제조년월 2024년 5월 제조사명 ㈜NE능률 제조국 대한민국 사용연령 10~11세(초등 3학년 수준)

독해 실력을 키워서 공부 능력자가 되어 보세요!

요즘 우리 아이들, 공부할 것이 참 많습니다. 국어, 영어, 수학, 과학, 사회, 예체능 어느 것 하나 소홀히 할 수 없지요. 그런데 **이런 교과 공부를 할 때 가장 기본이 되는 것은 설명하는 내용이 무엇인지 아는 것입니다.**

특히 학교 공부를 처음 시작하는 초등학생에게 글을 읽고 이해하는 일은 무엇보다 중요합니다. 즉, **독해는 도구 과목인 국어를 포함한 모든 과목에서 공부의 시작이자 끝이라고 할 수 있지요.** 초등학교 때 독해를 소홀히 하다 보면 중·고등학교에 가서 교과서를 읽으면서도 그 내용을 이해하지 못하는 일이 생기기도 합니다.

그런데 **독해력은 열심히 책만 읽는다고 해서 단기간에 키워지는 것이 아닙니다.** 꾸준히 글을 읽고 이해하는 연습을 지속적으로 해야 비로소 실력이 생겨나는 것이지요. 그러므로 독해 연습은 단계적이고 체계적으로 하는 것이 중요합니다.

〈세 마리 토끼 잡는 초등 독해력〉은 이 중요한 독해의 방법을 제시하기 위해 기획된 시리즈입니다. 이 시리즈의 구성 원리는 다음과 같습니다.

1. 초등학생이 교과를 이해하는 데 필요한 독해의 전 과정을 담는다

교과의 기본이 되는 글의 내용을 쉽게 이해하는 **사실 독해**로 시작하여 글 속에 숨은 뜻을 짐작하고 비판하는 **추론 독해**, 읽은 것을 발전시켜서 창의적으로 문제를 해결하는 **문제해결 독해**로 이어지는 독해의 전 과정을 체계적으로 담았습니다.

2. 다양한 독해 활동을 통해 독해를 쉽고 재미있게 학습하도록 구성한다

독해의 원리에 흥미롭게 다가갈 수 있도록 **주제 활동, 유형 연습, 실전 학습** 등을 다양하게 단계적으로 구성하였습니다. 이때 글과 쉽게 친해질 수 있도록 동화, 역사, 사회, 과학, 예술 분야의 전문 필진과 초등 교육 과정 전문 선생님들이 함께 노력을 기울였습니다. 이 밖에도 독해의 배경지식이 되는 어휘, 속담, 문법, 독서 방법 등의 읽을거리를 충분히 실었습니다.

〈세 마리 토끼 잡는 초등 독해력〉을 통해 토끼처럼 귀여운 우리 아이들이 **독해 자신감, 공부 자신감**을 얻어서 최고의 **독해 능력자**가 되기를 기대하며 응원하겠습니다.

세 마리 토끼 잡는 초등 독해력 은 어떤 책인가요?

1 독해의 세 가지 원리를 한번에 잡는 책

독해는 글을 읽고 뜻을 이해하는 것입니다. 이때 뜻을 이해한다는 것은 글에 드러난 정보나 주제뿐 아니라 숨어 있는 글쓴이의 의도나 생략된 내용을 짐작하고 읽는 사람의 생각과 느낌을 고려한 표현까지 이해하는 것입니다. 〈세 마리 토끼 잡는 초등 독해력〉은 사실 독해, 추론 독해, 문제해결 독해로 이어지는 독해의 원리를 단계적으로 키워서 독해 능력을 한번에 완성하도록 도와줍니다.

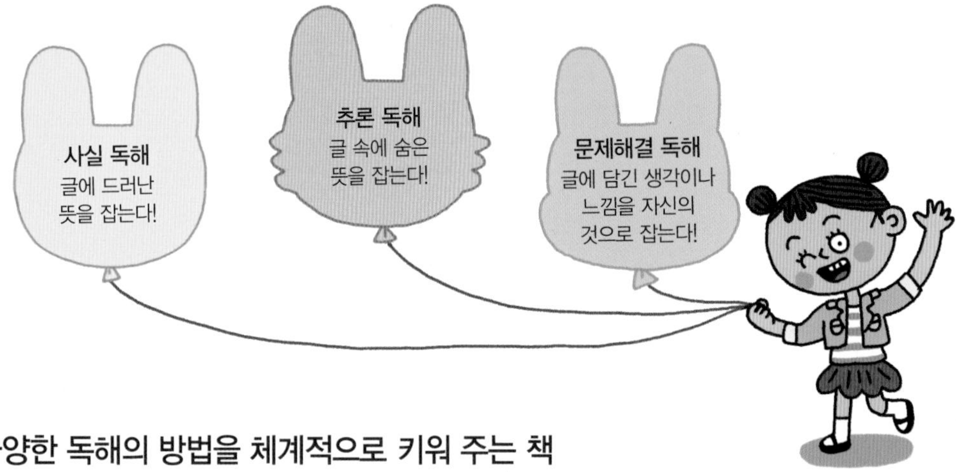

2 다양한 독해의 방법을 체계적으로 키워 주는 책

설명문, 논설문과 같은 글을 읽을 때와 시, 소설을 읽을 때는 글의 내용을 이해하는 방법이 조금 다릅니다. 비문학적인 글을 읽을 때에는 글에 나타난 정보나 사실을 이해하여 주제나 중심 생각을 파악해야 합니다. 그리고 문학적인 글을 읽을 때에는 주제뿐 아니라 글 속에 숨은 의미와 분위기, 표현 방법을 살펴서 글쓴이의 의도를 미루어 짐작하고 그에 대한 나의 생각이나 느낌도 표현할 수 있어야 합니다. 〈세 마리 토끼 잡는 초등 독해력〉은 독해 개념부터 유형 연습, 실전 문제에 이르기까지 독해의 다양한 방법을 체계적으로 키워 줍니다.

3 다양한 교과 관련 배경지식을 키워 주는 책

글을 읽을 때는 낱말이나 문장을 과목에 따라 다르게 해석해야 하는 경우가 있습니다. 국어 과목에서는 동요의 노랫말처럼 '달'을 보고 '토끼가 떡방아를 찧는 것 같다'고 표현하는가 하면 과학 과목에서는 '아무도 살지 않는 지구 주위를 돌고 있는 위성' 혹은 '지구와 가장 가까운 천체'로 보기도 합니다. 〈세 마리 토끼 잡는 초등 독해력〉은 과목에 따라 다른 의미로 해석되는 다양한 영역의 글을 수록하여 도구 과목인 국어 과목뿐 아니라 사회, 과학, 예체능 등 다양한 교과 공부에 도움을 주는 배경지식을 키울 수 있습니다.

4 다원적 사고 능력을 열어 주는 책

독해력은 글의 내용을 이해·감상하고 자신의 관점으로 비판하며 창의적으로 표현하는 능력을 갖추는 고차원의 사고 능력입니다. 특히 서술형과 같은 문제 유형으로 자신의 생각을 창의적으로 표현해야 하는 경우에는 이와 같은 능력이 더욱 요구됩니다. 〈세 마리 토끼 잡는 초등 독해력〉은 독해력을 구성하는 이해력, 구조 파악 능력, 어휘력, 추리·상상적 사고 능력, 비판적 사고 능력, 문제 해결 능력 등 다원적 사고 능력을 골고루 계발하여 어떠한 문제 상황도 너끈히 해결할 수 있도록 도와줍니다.

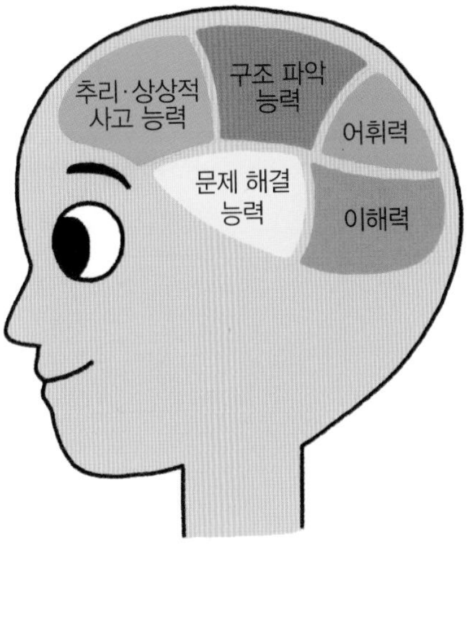

세 마리 토끼 잡는 초등 독해력은 어떻게 이루어져 있나요?

1 전체 구성

〈세 마리 토끼 잡는 초등 독해력〉은 학년과 학기의 난이도에 따라 6단계 12권으로 이루어져 있습니다. 이 책은 각 학년과 학기의 학습 목표에 맞는 독해 주제를 단계적으로 구성하였으므로, 그에 맞게 선택해서 공부할 수 있습니다. 하지만 학습자의 독해 능력에 맞게 단계를 조정하여 선택하면 더욱 효과적입니다.

단계	A단계		B단계		C단계		D단계		E단계		F단계	
권 수	2권		2권		2권		2권		2권		2권	
단계 이름	A1	A2	B1	B2	C1	C2	D1	D2	E1	E2	F1	F2
학년-학기	1-1	1-2	2-1	2-2	3-1	3-2	4-1	4-2	5-1	5-2	6-1	6-2
학습일	각 권 20일											
1일 분량	매일 6쪽											

2 권 구성

〈세 마리 토끼 잡는 초등 독해력〉 한 권은 학습 내용에 따라 PART1, PART2, PART3으로 나누어져 있습니다. 학년별 난이도에 따라 각 PART의 분량이 다릅니다.

PART 1 사실 독해 (1~2주 분량)

독해에서 가장 기본이 되는 부분으로, 글에 나타난 정보나 사실을 확인하는 내용을 주로 담고 있습니다. 이 부분에서는 글에서 정보를 찾아보고, 이를 바탕으로 중심 내용과 주제, 글의 구조와 전개 방식을 파악하며 읽는 방법을 배웁니다. 이 부분은 독해를 처음 접하는 저학년일수록 분량이 많고, 고학년으로 갈수록 분량이 줄어듭니다.

단계별 구성(저학년은 분량이 많고, 고학년은 분량이 적습니다. A~C단계: 2주분 / D~F단계: 1주분)

A단계	B단계	C단계	D단계	E단계	F단계
					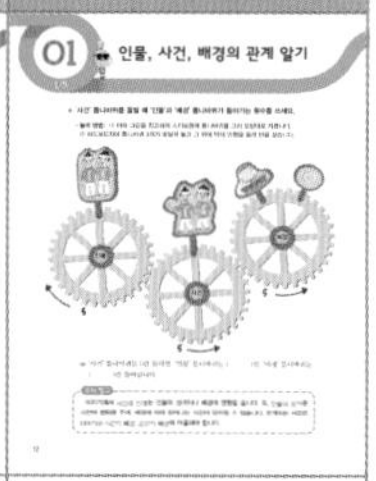
글자, 낱말, 문장 알기	마음을 나타내는 말 알기	설명하는 글을 읽은 경험 찾기	생각이나 느낌이 다른 까닭 알기	기행문의 특성 알기	인물, 사건, 배경의 관계 알기

PART 2 추론 독해 (1~2주 분량)

독해 능력이 발전하는 부분으로, 글에 드러난 것을 파악하는 것을 뛰어넘어 글에 숨겨진 뜻을 짐작하고 비판하는 내용을 담았습니다. 이 부분에서는 글에 나타난 정보를 짐작해 보고 생략된 내용이나 숨겨진 주제, 글을 쓴 목적을 찾아보며 글을 읽는 방법을 익힙니다. 그리고 글에 드러난 관점이나 글쓴이의 주장과 근거, 표현 방법 등을 비판하며 읽는 방법도 배웁니다. 이 부분은 저학년일수록 분량이 적고, 고학년으로 갈수록 분량이 늘어납니다.

단계별 구성(저학년은 분량이 적고 고학년은 분량이 많습니다. A~C단계: 1주분/ D~F단계: 2주분)

A단계	B단계	C단계	D단계	E단계	F단계
	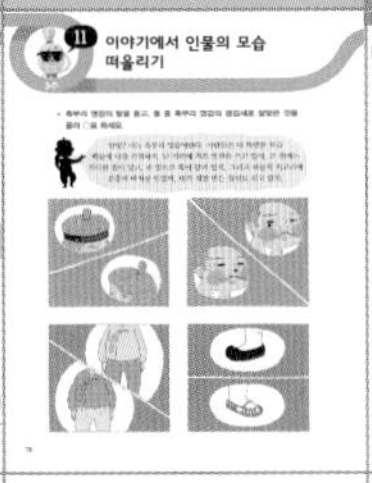	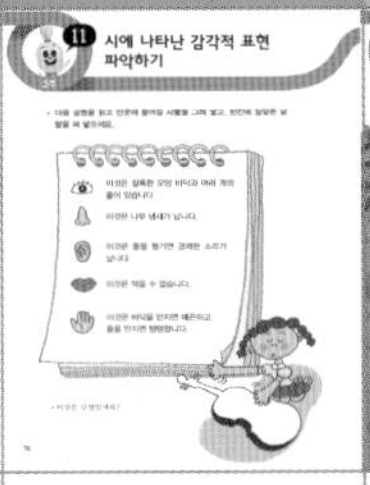	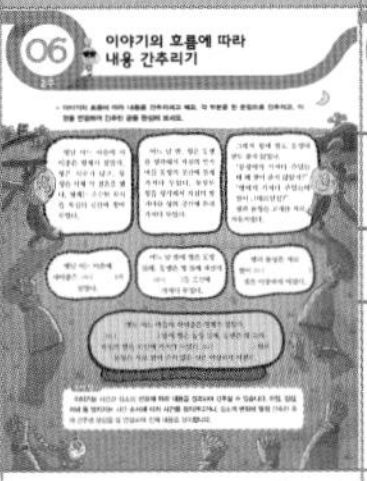		
그림을 보고 내용 짐작하기	이야기에서 인물의 모습 떠올리기	시에 나타난 감각적 표현 파악하기	이야기의 흐름에 따라 내용 간추리기	글의 구조를 생각하며 요약하기	이야기의 구조 이해하기

PART 3 문제해결 독해 (1주 분량)

글의 내용을 자신의 상황에 창의적으로 적용하는 고차원적 독해 능력을 키우는 부분입니다. 이 부분에서는 글에서 감동적인 부분을 찾아 글쓴이의 마음에 공감하고, 글을 읽고 난 감동을 표현하며 읽습니다. 글에 나타난 다양한 문제 상황과 해결 방법을 나의 생활에 적용하며 창의적으로 읽는 방법을 배웁니다.

단계별 구성(저학년과 고학년 같은 분량입니다. A~F단계: 1주분)

A단계	B단계	C단계	D단계	E단계	F단계
			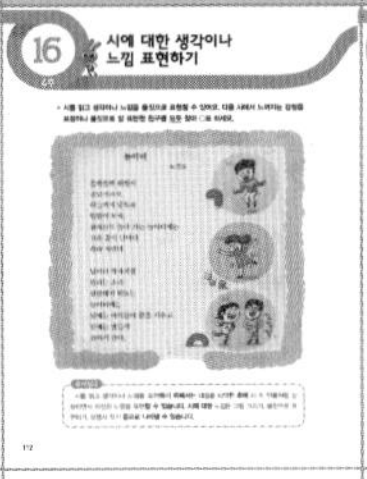		
이야기를 읽고 느낌 표현하기	시 속 인물의 마음 상상하기	원인과 결과를 생각하며 이야기 꾸미기	시에 대한 생각이나 느낌 표현하기	글을 읽고 문제 상황에 알맞은 의견 마련하기	인물이 추구하는 가치와 자신의 삶 관련짓기

세 마리 토끼 잡는 초등 독해력 1일 학습은 어떻게 짜여 있나요?

개념 활동 재미있게 활동하며 독해의 원리를 익힙니다 (2쪽)

개념 활동

매일 익힐 독해의 개념을 재미있는 활동과 간단한 문제로 알아볼 수 있습니다. 퀴즈, 미로 찾기, 색칠하기, 사다리 타기, 만들기 등 다양하고 재미있는 활동을 통해 독해의 원리를 입체적으로 배울 수 있습니다.

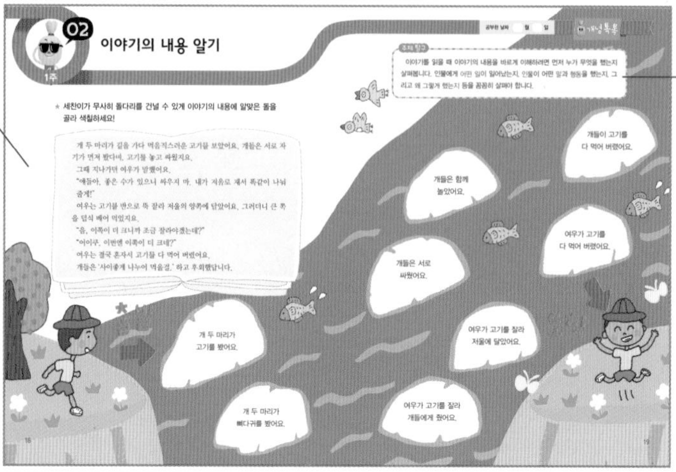

주제 탐구

개념 활동을 하며 살펴본 독해의 원리로 학습 주제를 살펴볼 수 있습니다. 이곳에서 앞으로 공부할 주제를 한눈에 확인할 수 있습니다.

독해력 활짝 짧은 글로 유형을 연습하며 독해력을 넓힙니다 (2쪽)

유형 설명

주제와 관련된 여러 유형을 나누어 핵심 평가 요소를 확인합니다.

유형 문제 연습

다양한 유형을 익힐 수 있는 독해 문제가 제시되어 있습니다.

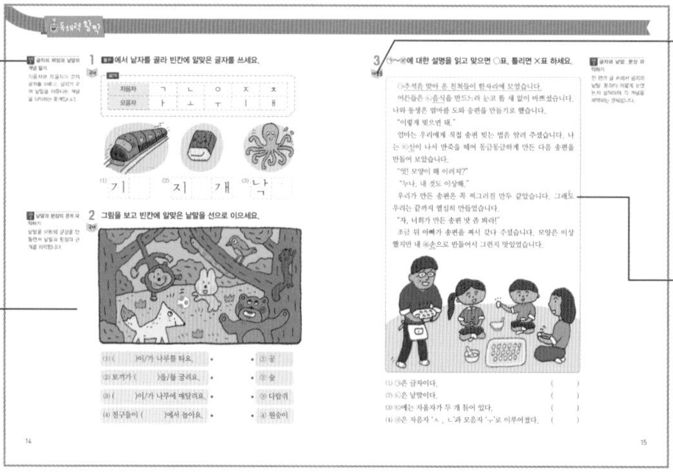

관련 교과명

지문과 관련된 교과명이 표시되어 있습니다.

짧은 글 독해

유형과 관련 있는 짧은 글을 읽으며 문제의 출제 의도를 파악합니다.

독해력 쑥쑥 긴 글로 실전 문제를 풀며 독해력을 키웁니다 (2쪽)

글의 개관

글의 종류, 특징, 중심 내용, 낱말 풀이 등으로 글에 대한 이해를 돕습니다.

긴 글 독해

시, 동화, 소설, 편지, 일기, 설명문, 논설문 등 다양한 갈래의 글이 수록되어 있습니다.

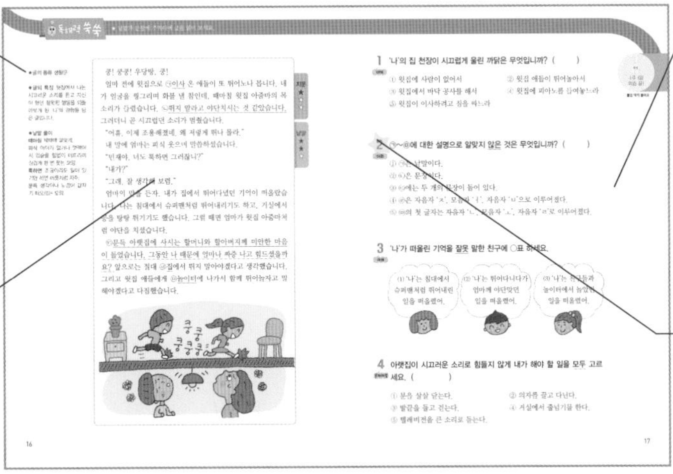

실전 문제

이해, 구조, 어휘, 추론, 비판, 문제해결 등과 관련된 다양한 실전 문제가 수록되어 있습니다.

핵심 문제

해당 주제의 핵심 문제는 노란색 별로 표시되어 있습니다.

독해 플러스 독해력을 돕는 배경지식을 알아봅니다

한 주 동안의 학습을 마무리하면서 독해와 관련된 배경지식을 살펴봅니다. 어휘, 속담, 고사성어, 문법, 독서의 방법 등 독해에 꼭 필요한 내용을 재미있는 만화를 통해 익히고, 간단한 문제로 확인해 봅니다.

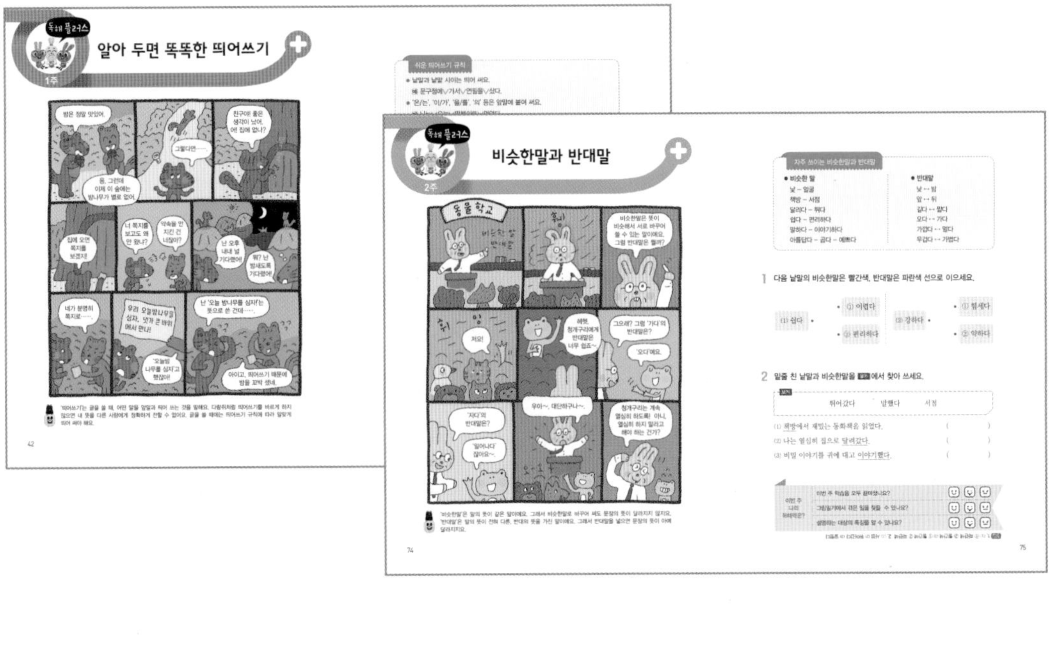

세 마리 토끼 잡는 초등 독해력 이렇게 공부해요

1 매일매일 꾸준히 공부해요

〈세 마리 토끼 잡는 초등 독해력〉은 매일 6쪽씩 꾸준히 공부하는 책이에요. 재미있는 개념 활동으로 시작해서 학교 시험에 도움되는 실전 문제에 이르기까지 지루하지 않게 공부할 수 있지요. 공부가 끝나면 '○주 ○일 학습 끝!' 붙임 딱지를 붙여 보세요.

2 지문에 실린 책이나 교과서를 찾아 읽어 보아요

하루 공부를 마치고 나면, 본문 지문에 나온 책이나 교과서를 찾아 읽어 보세요. 본문에는 책의 전권을 싣기 힘들기 때문에 가장 대표적인 부분을 발췌했기 때문이지요. 본문을 읽다 보면 뒷이야기가 궁금해지거나 교과 내용이 궁금해져서 자연스럽게 찾아 읽게 될 거예요. 이 과정을 거듭하다 보면 독해 능력자가 될 수 있답니다.

3 지문에 실린 모르는 내용을 사전이나 인터넷을 찾아 읽어 보아요

독해 지문이 술술 읽히지 않는다면 낱말이나 문장을 이해하지 못하는 것입니다. 모르는 낱말이나 어구, 관용 표현 등을 국어사전으로 찾아보고, 비슷한말로 바꾸어 보며 내용을 온전히 자신의 것으로 만들어 보세요. 그리고 더 알고 싶은 것은 책이나 인터넷 백과사전을 검색하며 깊이 있게 공부해 보세요.

한 주 학습표

월	화	수	목	금	토
매일 6쪽씩 학습하고, '○주 ○일 학습 끝!' 붙임 딱지 붙이기					주요 내용 복습하기

세 마리 토끼 잡는 초등 독해력

C1
초등 3-1

주	일차	유형	독해 주제	교과 연계 내용
1주	1	PART1 (사실 독해)	설명문을 읽은 경험 찾기	[사회 3-1] 우리 고장의 문화유산 알기
	2		이야기에 알맞은 생각이나 느낌 찾기	[국어 3-1] 이야기를 읽고 재미있거나 감동받은 부분 찾기
	3		바른 높임 표현 찾기	[도덕 4학년] 상황에 알맞은 예절 실천하기
	4		글쓴이의 의견과 그 까닭 알기	[국어 3-1] 글쓴이의 의견 파악하기
	5		국어사전에서 낱말 찾기	[과학 4-1] 화석의 이용 알기
2주	6		중심 문장과 뒷받침 문장 알기	[사회 3-1] 도구의 변화로 달라진 사람들의 생활 모습 알기
	7		문단의 짜임을 생각하며 읽기	[체육 3학년] 경쟁 활동의 가치 알기
	8		인물의 의견과 그 까닭 알기	[국어 3-1] 등장인물의 의견 파악하기
	9		글쓴이의 의견을 파악하는 방법 알기	[사회 4-2] 현명한 소비 생활을 위한 방법 알기
	10		편지에서 마음을 나타내는 표현 알기	[국어 3-1] 편지를 읽고 마음을 나타내는 말 찾기
3주	11	PART2 (추론 독해)	시에 나타난 감각적 표현 파악하기	[국어 3-1] 시에서 느껴지는 감각 찾기
	12		이야기에 나타난 감각적 표현 파악하기	[국어 3-1] 감각적 표현을 찾으며 이야기 읽기
	13		내용을 간추리는 방법 파악하기	[과학 3-1] 물질의 성질이 우리 생활에 이용되는 경우 알기
	14		글을 읽고 내용 간추리기	[국어 3-1] 중요한 내용을 찾아 정리하기
	15		책을 소개하는 방법 파악하기	[국어 3-1] 책 소개에 들어갈 내용 생각하기
4주	16	PART3 (문제해결 독해)	원인과 결과를 생각하며 이야기 꾸미기	[국어 3-1] 원인과 결과에 따라 이야기하기
	17		시를 읽고 재미와 감동 표현하기	[국어 3-1] 재미있거나 감동적인 부분을 찾는 방법 알기
	18		이야기를 읽고 재미와 감동 표현하기	[국어 2-1] 인물에게 하고 싶은 말 전하기
	19		낱말의 뜻 짐작하며 글 읽기	[과학 4-1] 지층을 이루고 있는 암석 알기
	20		생략된 내용 짐작하며 글 읽기	[국어 3-1] 글에서 단서를 찾아 짐작하기

PART 1

사실 독해

글에 드러난 정보를 찾아보고 이를 바탕으로 중심 내용과 주제,
글의 구조와 전개 방식 등을 파악하며 읽는 방법을 배워요.

contents

01

1주

설명문을 읽은 경험 찾기

★ 다음 각 질문에 “예”에는 ○표, “아니요”에는 ×표를 하며 스무고개 놀이를 해 보세요. 그리고 설명하는 대상이 무엇인지 빈칸에 쓰세요.

출발

첫 번째 고개
이것은 동물입니까? (×)

두 번째 고개
이것은 식물입니까? (×)

세 번째 고개
이것은 물건입니까?

네 번째 고개
이것은 탈것입니까?

다섯 번째 고개
이것은 운동 기구입니까?

여섯 번째 고개
이것은 집에서 사용합니까?

일곱 번째 고개
이것은 밖에서 사용합니까?

열여덟 번째 고개
이것에 다른 것을 매달 수 있습니까

열아홉 번째 고개
이것으로 촬영을 할 수 있습니까?

스무 번째 고개
이것으로 배달을 할 수 있습니까?

도착

주제 탐구

설명하는 글은 정확한 사실을 바탕으로 지식과 정보를 전달하는 글입니다. 설명하는 글을 읽을 때에는 설명하는 대상과 글의 주요 내용이 무엇인지 파악하고, 그 내용이 정확한지 판단하며 읽어야 합니다.

여덟 번째 고개
것은 누구나 사용할 수 있습니까?

아홉 번째 고개
이것은 전자 기기입니까?

열 번째 고개
이것은 게임기입니까?

열한 번째 고개
이것은 혼자 사용할 수 있습니까?

열두 번째 고개
이것은 위아래로 움직일 수 있습니까?

열세 번째 고개
이것은 선이나 줄을 연결해서 움직입니까?

열네 번째 고개
이것은 건전지를 사용합니까?

열다섯 번째 고개
이것은 리모콘이 있습니까?

열여섯 번째 고개
이것은 멀리서 조종할 수 있습니까?

열일곱 번째 고개
이것은 하늘을 날 수 있습니까?

• 이것은 ☐☐ 입니다.

유형 1 설명하는 대상 알기

글을 읽고 무엇을 설명하는지 찾는 문제입니다.

개화기 1876년의 강화도 조약 이후부터 우리나라가 서양 문물의 영향을 받아 종래의 봉건적인 사회 질서를 타파하고 근대적 사회로 개혁되어 가던 시기.
애창되기 노래나 시조 등을 즐겨 부르기.

1 이 글에서 설명하는 것은 무엇입니까? ( )

음악

애국가는 나라를 사랑하는 정신을 담은 노래입니다. 우리나라에는 조선 말 개화기 이후부터 '애국가'라는 이름의 노랫말에 곡조를 붙여 부른 노래가 여러 가지 있었습니다. 현재 사용하는 애국가는 1936년에 안익태 선생님이 작곡한 곡조와 1948년 대한민국 정부가 수립된 이후 함께 사용된 노랫말이 정부 공식 행사에 사용되고 학교 교과서에도 실리면서 적극적으로 애창되기 시작한 것입니다.

① 나라 ② 사랑 ③ 애국가 ④ 교과서 ⑤ 안익태

유형 2 설명하는 글의 중심 문장 찾기

글을 읽고 글쓴이가 말하고자 하는 중심 내용을 담은 문장을 찾습니다.

풍속화 그 시대의 사정이나 형편, 인심, 풍속과 습관 등을 그린 그림.

2 이 글에서 가장 중심이 되는 문장을 찾아 밑줄을 그으세요.

사회

호랑이는 우리 민족과 친근한 동물입니다. 호랑이는 우리 민족에게 범이라고 불리며 특별한 관심을 받았고, 신화나 이야기, 풍속화 등에 자주 등장합니다. 호랑이는 '단군 신화'에서 곰과 함께 인간이 되기를 간절히 원하지만 결국 고통을 참지 못하고 동굴을 뛰쳐나갑니다. 또, 이야기 속에서는 곶감이 무서워서 도망을 치거나 인간의 도움을 받고 은혜를 갚기도 합니다. 사람들은 호랑이의 용맹함과 힘을 믿어 호랑이 그림을 부적처럼 사용하기도 했습니다.

3 이 글에서 설명한 내용이 맞으면 ○표, 틀리면 ×표 하세요.

체육

투호는 병을 일정한 거리에 놓고, 그 속에 화살을 던져 승부를 가리는 놀이입니다.

투호를 하는 방법은 투호 통과 화살을 준비한 뒤 던질 사람이 투호 통에서 1.5미터 정도 떨어져서 화살을 손으로 던지는 것입니다. 이때, 힘이 약한 어린이들은 조금 가까운 곳에서 화살을 던지게 합니다. 화살을 많이 꽂아 점수가 높은 사람이 이깁니다.

던지는 지점을 잘 포착해야 하기 때문에 판단력과 집중력을 기를 수 있고, 차분히 한 개씩 던지는 가운데 인내력과 끈기를 기를 수 있습니다.

이 놀이는 천 원짜리 지폐에 실릴 정도로 대표적인 민속놀이로 과거에는 양반들의 놀이였으나 오늘날에는 누구나 하는 놀이가 되었습니다.

(1) 투호가 무엇인지 설명했어! (　　)

(2) 투호 놀이 방법을 설명했어! (　　)

(3) 화살을 많이 꽂은 사람이 이기는 거야. (　　)

(4) 투호 놀이를 할 수 없는 사람에 대해 설명했어! (　　)

유형 3 설명하는 글의 세부 내용 확인하기

글을 읽고 설명하는 내용을 자세히 확인하는 문제입니다.

포착해야 요점이나 요령을 얻어야.

●**글의 종류** 설명하는 글(설명문)

●**글의 특징** 이 글은 김치와 김장의 뜻과 유래, 김치의 종류와 의의에 대해 설명하였습니다.

●**중심 내용**
㈎ 김치는 소금에 절인 배추나 무를 발효시켜 만드는 우리 고유의 음식임.
㈏ 겨우내 먹을 김치를 미리 담그는 것을 김장이라고 함.
㈐ 김장은 삼국 시대에 시작되었음.
㈑ 김치의 종류는 계절·지역에 따라 매우 다양함.
㈒ 김치는 '세계 5대 건강식품' 중 하나임.

●**낱말 풀이**
겨우내 한겨울 동안 계속.
소 통김치나 오이소박이김치의 속에 넣는 여러 가지 재료.

지문 ★☆☆
낱말 ★★☆

㈎ 김치는 우리 고유의 음식입니다. 김치는 소금에 절인 배추나 무 등을 양념에 버무린 뒤 ㉠발효시켜 만듭니다. 예부터 우리 민족의 밥상에는 늘 김치가 올라왔는데, 특히 겨울을 나는 데 꼭 필요한 음식이었습니다.

㈏ 겨우내 먹을 김치를 미리 담그는 것을 김장이라고 합니다. 옛날에는 김치의 재료를 얻기 힘들었고, 보관도 쉽지 않았기 때문에 집집마다 서둘러서 김장을 했습니다.

㈐ 김장이 언제부터 시작되었지는 정확히 알 수 없습니다. 다만 옛 문헌을 통해 삼국 시대에 시작되었다고 짐작할 수 있습니다. 그런데 이때의 김치는 고춧가루를 사용하지 않은 맑은 김치였습니다. 조선 시대에 고추를 사용하면서부터 지금과 같이 맵고 빨간 김치를 먹기 시작했습니다.

㈑ 김치의 종류는 매우 다양합니다. 김장으로 하는 계절 김치는 보통 통배추김치, 무김치, 총각김치, 깍두기 등을 말합니다. 통배추김치를 담그는 방법은 배추를 통째로 가른 후 소금에 절여 잎 사이에 무채 양념을 채우는 것이 일반적입니다. 이때 지역에 따라 소로 넣는 젓갈의 종류와 양념이 다릅니다. 따뜻한 남쪽 지방은 맵고 짠 편이고, 추운 북쪽 지방은 담백하며 매운 맛이 덜한 것이 특징입니다.

㈒ 김치는 '세계 5대 건강식품' 중 하나입니다. 비타민과 무기질이 풍부하고, 소화가 잘 되도록 돕습니다. 그리고 암 예방에도 유익하다고 하니, 세계적으로도 인정받는 건강 음식이 되기에 충분합니다.

1 이 글에서 설명하는 대상은 무엇입니까? (　　　)

이해

① 김치　　② 배추　　③ 젓갈
④ 고춧가루　　⑤ 비타민

붙임 딱지 붙여요.

2 ㉠의 뜻으로 알맞은 것에 ○표 하세요.

어휘

(1) 더 좋은 상태나 더 높은 단계로 나아가게 해 (　　)
(2) 과학적 아이디어를 통한 새로운 방법을 창조해 (　　)
(3) 효모나 세균 등의 미생물이 화학 작용을 일으켜 (　　)

3 (가)~(마)에서 문단의 내용을 대표하는 문장으로 알맞지 않은 것은 무엇입니까? (　　　)

이해

① (가): 김치는 우리 고유의 음식입니다.
② (나): 겨우내 먹을 김치를 미리 담그는 것을 김장이라고 합니다.
③ (다): 지금과 같이 맵고 빨간 김치를 먹기 시작했습니다.
④ (라): 김치의 종류는 매우 다양합니다.
⑤ (마): 김치는 '세계 5대 건강식품' 중 하나입니다.

4 이 글을 읽고 떠오른 경험을 바탕으로 궁금한 점을 알맞게 말한 친구에 ○표 하세요.

문제해결

02 이야기에 알맞은 생각이나 느낌 찾기

★ 내가 만약 다음 상황에 처한다면 어떤 생각을 하거나 느낄지 상상하여 쓰세요.

주제 탐구

이야기에 알맞은 생각을 하거나 느끼려면 이야기 속 상황을 파악해야 합니다. 언제 어디에서 누구와 어떤 일이 일어났는지, 이야기 속 인물이 되어 어떤 생각이나 느낌이 들었을지 생각하고, 앞으로 어떻게 할지 상상해 봅니다.

유형 1 이야기 속 인물이 처한 상황 파악하기

글을 읽고 이야기 속 인물이 처한 상황을 파악하는 문제입니다.

1 이 글에서 마고할미가 처한 상황으로 알맞은 것에 ○표 하세요.

국어

마고할미는 아주 크고 힘이 센 거인이었어요.
"아흠, 세상에 아무것도 없으니 따분해!"
남쪽에서 늘어지게 잠을 자던 마고할미가 팔을 벌려 기지개를 켜자 팔이 하늘에 닿아 우지끈 금이 가더니 해와 달이 또렷이 박혔어요. 그리고는 오줌을 시원하게 누니 큰 강과 넓은 바다가 생겼지요. 마고할미는 신이 나서 나무와 돌 그리고 풀 등을 하나하나 만들기 시작했어요.

(1) 친구와 사이좋게 살았다. ( )
(2) 해와 달과 함께 행복하게 살았다. ( )
(3) 아무도 없는 세상에서 혼자 살았다. ( )

유형 2 이야기 속 인물의 생각이나 느낌 찾기

글을 읽고, 이야기 속에서 인물의 생각이 드러난 부분을 찾는 문제입니다.

시주 자비심으로 조건 없이 절이나 승려에게 물건을 베풀어 주는 일.
장대 대나무나 나무로 다듬어 만든 긴 막대기.

2 이 글에서 농부의 생각이 드러난 부분을 찾아 밑줄을 그으세요.

국어

햇볕이 뜨거운 어느 여름날이었어요.
"먹구름이 오는 것을 보니 곧 비가 오겠구려!"
길을 가던 스님이 말하자, 농부가 웃으며 말했어요.
"스님, 이런 날 비가 온다니요? 절대로 비는 안 올 겁니다."
스님과 농부는 서로 자기 말이 옳다고 옥신각신하다가 각각 시주 쌀과 황소를 걸겠다고 했지요.
그때였어요. 갑자기 비가 장대같이 쏟아졌어요.
농부는 그 자리에서 소를 스님에게 내줄 수밖에 없었어요.

3 **내가 이야기 속 부자라면 어떻게 할지 알맞게 말한 친구에 ○표 하세요.**

국어

어느 부자가 세 며느리를 불러 볍씨를 한 톨씩 나누어 주었습니다.

"이건 귀한 볍씨다. 잘 받아 두거라."

첫째 며느리는 볍씨를 바로 버렸고, 둘째 며느리는 볍씨를 비단으로 싸서 간직했습니다. 셋째 며느리는 볍씨로 무엇을 할지 곰곰이 생각했습니다.

그때 마당가에 참새 떼가 몰려와 먹이를 먹었습니다.

'그래, 이 볍씨로 참새를 잡자.'

셋째 며느리는 볍씨를 미끼로 참새를 잡았습니다. 그랬더니 마침 이웃집에서 참새를 약에 쓴다고 해서 주고 그 대가로 달걀을 받았습니다. 그리고 그 달걀을 암탉에게 품게 하여 병아리를 까서 키웠습니다. 병아리는 자라서 암탉이 되었고, 암탉이 다시 달걀을 낳아 병아리를 깠습니다. 이렇게 해서 불어난 수입은 돼지로 바뀌고, 송아지로 바뀌어 나갔습니다. 또, 나중에는 논밭으로 바뀌었습니다.

몇 년 뒤에 부자가 며느리들을 불러 볍씨가 어찌 됐는지 물었습니다.

첫째는 버렸다고 했고, 둘째는 비단에 싸 둔 볍씨를 가지고 왔습니다. 셋째는 지금까지 있었던 일을 이야기하면서 땅문서를 내놓았습니다.

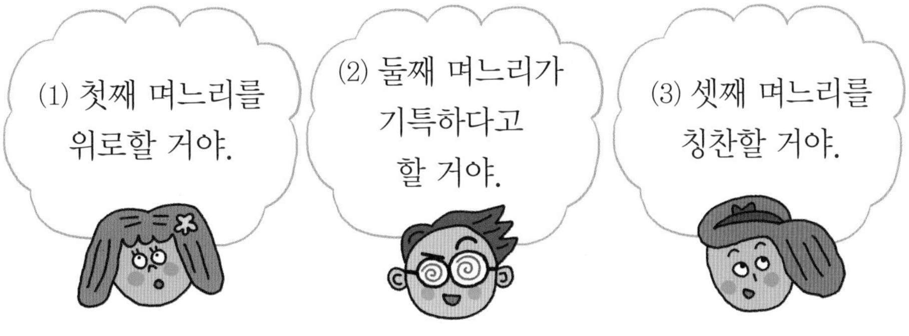

유형 3 **이야기 속 인물이 되어 상상하기**

글을 읽고, 자신이 이야기 속 인물이라면 어떻게 할지 생각해 봅니다.

볍씨 못자리에 뿌리는 벼의 씨.

대가 물건의 값으로 치르는 돈.

 ★ 이야기 속 인물이 처한 상황을 살펴보며 글을 읽어 보세요.

●**글의 종류** 이야기(소설)

●**글의 특징** 이 글은 걸리버가 배를 타고 가다가 폭풍우를 만나 섬에 도착하면서 겪은 이야기의 일부입니다. 주어진 내용은 걸리버가 소인국에 도착했을 때 벌어진 이야기입니다.

●**낱말 풀이**
식인종 사람을 잡아먹는 풍습을 가진 인종.
겨누고 활이나 총 등을 쏠 때 목표물을 향해 방향과 거리를 잡고.

[앞 이야기] 배에서 선원들의 건강을 보살펴 주던 의사 걸리버는 폭풍우를 만나 표류하다가 소인국에 도착한다.

"어떻게 된 거지? 혹시 식인종이 나를 잡아먹으려고 묶어 둔 건 아닐까?"

그때, 왼쪽 다리에서 무언가 슬금슬금 기어오르는 느낌이 들었습니다. 걸리버는 화들짝 놀라며 다리 쪽을 보았습니다.

'앗!'

걸리버는 너무 놀라 아무 말도 할 수 없었습니다. 자신의 온몸이 밧줄로 꽁꽁 묶여 있었고, 눈앞에는 키가 12센티미터도 안 되는 작은 사람이 서 있었기 때문입니다.

그 사람은 장난감 인형처럼 옷을 입고, 작은 활과 화살을 걸리버의 눈에 고정한 채 서 있었습니다. 그 뒤에는 군복을 입은 40여 명의 사람들이 개미 떼처럼 기어오르고 있었습니다. 걸리버는 깜짝 놀라 비명을 질렀습니다.

"해키나 데굴."

작은 사람 중에 장군처럼 보이는 남자가 걸리버에게 소리치자 군사들도 따라 외쳤습니다.

걸리버는 살짝 고개를 들어 주위를 둘러보았습니다. 몇 천 명이나 되는 작은 사람들이 화살과 창을 들고 걸리버를 겨누고 있었습니다. 걸리버는 손을 뻗어 작은 사람들을 잡으려고 했지만 개미처럼 빠져 나갔습니다.

㉠"톨고 포낙! 톨고 포낙!"

그 소리에 작은 화살이 순식간에 걸리버를 향해 날아왔습니다. 걸리버가 왼손으로 얼굴을 가리자 작은 화살들이 걸리버의 손등에 박혔습니다.

"그만! 그만!"

걸리버는 손등이 부풀어 오르자 아파서 소리를 질렀습니다.

㉡"저렇게 작은 사람들에게 묶였다니……. 난 이제 어쩌지?"

조너선 스위프트, 『걸리버 여행기』

지문 ★☆☆

낱말 ★★☆

1 이 글에서 걸리버가 처한 상황을 골라 기호를 쓰세요. (　　　)

이해

㉮ 식인종의 밥이 될 처지에 놓였다.
㉯ 작은 사람들의 공격을 받고 있다.
㉰ 작은 사람들의 말을 못 들은 척하고 있다.

1주 2일 학습 끝!

붙임 딱지 붙여요.

2 이 글의 내용으로 보아 ㉠의 뜻을 바르게 짐작한 것은 무엇입니까? (　　　)

추론

① 맙소사!　② 공격하라!　③ 감사합니다!
④ 반갑습니다!　⑤ 중지하라!

3 ㉡에서 알 수 있는 걸리버의 마음은 어떠합니까? (　　　)

추론

① 편안하다.　② 재미있다.　③ 흥분된다.
④ 신이 난다.　⑤ 당황스럽다.

4 만약 내가 걸리버라면 어떻게 할지 알맞게 말한 친구에 ○표 하세요.

문제해결

(1) 작은 사람을 손으로 꽉 잡을 거야!

(2) 활과 화살을 빼앗아 던져 버릴 거야.

(3) 손짓과 표정으로 해치지 않을 거라고 할 거야!

1주

03 바른 높임 표현 찾기

★ 다음 그림을 보고 세린이가 높임 표현을 바르게 사용한 문장에 ○표 하세요.

어머니께 여쭈어보았습니다.	어머니에게 물어보았습니다.

아버지 생일 선물을 샀습니다.	아버지 생신 선물을 샀습니다.

할머니 나이는 70세입니다.	할머니 연세는 70세입니다.

할아버지가 밥을 먹습니다.	할아버지께서 진지를 드십니다.

주제 탐구

높임 표현은 대상을 높여서 말하는 것입니다. 높임 표현에는 대상을 공경하는 마음이 담겨 있습니다. 높임 표현은 웃어른인지 아닌지, 말하는 사람과 친한지 아닌지, 듣는 사람이 혼자인지 여럿인지에 따라 달라집니다.

유형 1 높임 표현을 사용하는 방법 알기

높임의 대상에게 '께'나 '께서', '-시-'를 바르게 사용한 것을 찾는 문제입니다.

과거 우리나라와 중국에서 관리를 뽑을 때 실시하던 시험.
학식 배워서 얻은 지식.

1 ㉠에서 하인이 한 말로 알맞은 것에 모두 ○표 하세요.

국어

나이 든 선비가 과거를 보러 어린 하인과 길을 떠났어요. 한참을 가다가 점심을 먹기로 했는데 선비는 집에서 가져온 떡을 하인과 나누어 먹기 싫었어요. 그래서 내기를 하여 이긴 사람이 다 먹자고 했지요. 하인은 선비의 속셈을 눈치챘어요.

"마님, '십니다'를 넣은 말놀이로 떡을 먹으면 어떨지요?"

하인보다 학식이 많다고 생각한 선비는 그러자고 했어요. 하지만 선비는 단 한 마디도 할 수 없었지요. 하인에게 높임말을 쓸 수 없었기 때문이에요. ㉠하인은 선비에게 높임말을 마음껏 하고 떡을 다 먹을 수 있었어요.

(1) 선비께서 진지를 드십니다. (　　)
(2) 선비께서 과거를 보러 가십니다. (　　)
(3) 하인께서 말놀이로 내기를 하십니다. (　　)

유형 2 높임의 대상에 따른 높임 표현 알기

높임의 대상을 파악하고, 높임을 뜻하는 특별한 낱말을 사용하여 바르게 고친 것을 찾는 문제입니다.

2 ㉠, ㉡의 높임 표현을 바르게 고쳐 쓴 것은 무엇입니까? (　　)

국어

영우는 승호에게 다가가 동생이 어디 있냐고 물었어요.
"네가 동생을 ㉠모시고 간 것 아냐?"
"내가 언제? 나는 어머니를 ㉡데리고 문방구에 갔어."
"정말? 그럼 네 동생은 어디에 있어?"

① ㉠ 모시고 → 모고
② ㉡ 데리고 → 데시고
③ ㉠ 모시고 → 데리고
④ ㉡ 데리고 → 데리시고
⑤ ㉡ 데리고 → 계시고

3 다음과 같이 듣는 사람이 바뀌었을 때, ㉠~㉣을 바르게 고쳐 쓰세요.

국어

옛날 어느 마을에 인사 하나도 제대로 할 줄 모르는 이 서방이 있었어요. 이 서방의 아내는 이것이 늘 걱정이었지요.

그러던 어느 날 장인어른이 이 서방 집에 오기로 했어요.

아내는 이 서방이 아버지에게 실수를 할까 봐 걱정이 되었어요. 그래서 발가락에 실을 묶고 당기는 수 대로 인사말을 하도록 가르쳤어요. 한 번 잡아당기면 "㉠장인어른, 어서 오십시오. 여기 앉으시지요.", 두 번은 "㉡여보, 밥상 차려 오시오.", 세 번은 "㉢장인어른, 많이 드시지요.", 네 번은 "㉣장인어른, 벌써 가시려고요? 안녕히 가세요."라고 말하라고 했어요.

드디어 장인어른이 이 서방네 집에 찾아왔어요.

이 서방은 아내가 당기는 대로 "장인어른, 어서 오십시오. 여기 앉으시지요.", "여보, 밥상 차려 오시오.", "장인어른, 많이 드시지요."까지는 인사말을 잘했어요. 장인어른도 흡족해했지요.

그때 아내가 숭늉을 가지러 부엌으로 갔어요. 그런데 실을 들고 가는 바람에 이 서방의 발을 계속 당기고 말았지요.

이 서방은 그것도 모르고 밥상을 금방 받은 장인어른에게 계속 말했어요.

"장인어른, 벌써 가시려고요? 안녕히 가세요."

"장인어른, 어서 오십시오. 여기 앉으시지요."

"여보, 밥상 차려 오시오."

"장인어른, 많이 드시지요."

장인어른은 화가 나서 씩씩대며 돌아갔어요.

(1) ㉠ 장인어른, 어서 오십시오. ➡ (아들아,)

(2) ㉡ 여보, 밥상 차려 오시오. ➡ (아우야,)

(3) ㉢ 장인어른, 많이 드시지요. ➡ (아가야,)

(4) ㉣ 장인어른, 벌써 가시려고요? ➡ (친구야,)

유형 3 대상에 따른 높임 표현 알기

듣는 사람이 바뀌었을 때 알맞은 높임 표현을 사용할 수 있는지 파악하는 문제입니다.

장인어른 아내의 아버지를 높여 부르는 말.

숭늉 밥을 지은 솥에서 밥을 푼 뒤에 물을 붓고 데운 물. 구수한 맛이 있으며, 흔히 식사를 한 뒤에 마심.

★ 바른 높임 표현을 생각하며 읽어 보세요.

●**글의 종류** 생활문

●**글의 특징** 층간 소음 문제로 위층과 아래층에서 있었던 일을 어린이의 눈으로 바라보고 쓴 글입니다. 잘못 사용한 높임 표현에 유의하여 읽어 봅니다.

●**낱말 풀이**

인터폰 한 건물이나 선박 등에서 방과 방 사이의 통화를 위해 설치한 유선 전환 장치.

시늉 어떤 모양이나 움직임을 흉내 내어 꾸미는 것.

사정 일의 형편이나 까닭.

지문 ★☆☆

낱말 ★★☆

얼마 전에 우리 집이 11층으로 이사를 왔어요.

"소현아, 이거 아래층 할머니께 좀 갖다 드리고 오렴."

엄마가 접시에 떡을 담아 주셨어요. ㉠하지만 사실 나는 할머니 집에 가기 싫었어요. 며칠 전에 내가 쿵쿵대지도 않았는데 시끄럽다고 ㉡할머니가 인터폰을 했기 때문이에요.

"왜요? 그 할머니 무섭단 말이에요."

"그래도 그러는 거 아냐! 이사 왔는데 인사도 못했잖니?!"

나는 할 수 없이 아래층에 가서 초인종을 눌렀어요. 할머니께서 문을 조금 열고 빼꼼히 얼굴을 내미셨어요.

"저, ㉢우리 어머니가 할머니 주래요."

내 말이 끝나기도 전에 할머니는 손가락으로 쉿 시늉을 하며 떡을 받고 들어가 버리셨어요. 나는 기분이 나빠서 엄마께 말씀드렸어요.

"그 집 할머니, 진짜 이상해요. 고맙다는 말도 안 하고……."

"그랬니? ㉣무슨 사정이 있으시겠지!"

그리고 며칠 뒤, 아래층 할머니가 오셨어요.

"아, 안녕하세요!"

할머니는 한라봉이 담긴 접시를 내미셨어요.

"어머, 안 그러셔도 되는데……. 저희 애들이 너무 뛰어서 죄송해요!"

"우리 집에 아기가 있어서 내가 좀 예민했던 것 같아요. 이건 며느리가 보낸 거니 드셔 봐요! 꼬마 아가씨, 미안해요!"

'아, 그때 아기가 자고 있었구나!'

엄마가 사정이 있을 거라고 하셨던 말씀이 맞았어요. 이제부터는 아기를 생각해서 조심할 생각이에요.

1주 3일 학습 끝!
붙임 딱지 붙여요.

1 이해

㉠과 같이 생각한 까닭은 무엇입니까? (　　　)

① 인사를 받아주지 않아서
② 할머니가 꼬마라고 놀려서
③ 잘 모르는 이웃집 할머니라서
④ 엄마 심부름을 가고 싶지 않아서
⑤ 내가 쿵쿵대지도 않았는데 시끄럽다고 해서

2 어휘

㉡을 바르게 고쳐 쓴 것에 ○표 하세요.

(1) 할머니가 인터폰을 하였기 때문이에요. (　　)
(2) 할머니께서 인터폰을 했기 때문이에요. (　　)
(3) 할머니께서 인터폰을 하셨기 때문이에요. (　　)

3 어휘

보기 에서 올바른 높임 표현을 골라 ㉢을 바르게 고쳐 쓰세요.

보기

께　　께서　　너희　　저희　　주시래요　　드리래요

우리 어머니가 할머니 주래요.

➡ ______________________________

4 추론

㉣은 무엇을 말하는지 쓰세요.

____

1주

04 글쓴이의 의견과 그 까닭 알기

★ 동물 친구들이 의견과 까닭이 들어 있는 자전거를 탔어요. 자전거 바퀴에 있는 내용이 의견이면 '의', 까닭이면 '까'를 쓰세요.

인사를 잘해야 한다. (　　)

서로 기분이 좋아지기 때문이다. (　　)

거짓말을 하지 말아야 한다. (　　)

거짓말하는 습관이 생기기 때문이다. (　　)

몸이 건강해야 마음도 건강해지기 때문이다. (　　)

운동을 해서 몸을 건강하게 유지해야 한다. (　　)

주제 탐구

글 속에는 글쓴이의 의견이 담겨 있습니다. 글쓴이의 의견은 어떤 사실에 대해 글쓴이가 가진 생각이나 느낌을 말합니다. 글쓴이의 의견이 담긴 글을 읽을 때에는 글쓴이의 의견과 그렇게 생각한 까닭을 파악해야 합니다.

유형 1 **글쓴이의 의견 찾기**

글에 나타난 글쓴이의 의견을 찾는 문제입니다.

가려 음식을 골라.
편식 어떤 특정한 음식만을 가려서 즐겨 먹음.

1 이 글에 나타난 글쓴이의 의견으로 알맞은 것에 ○표 하세요.

국어

선생님께서 종례 시간에 말씀하셨다.
"요즘 급식 시간에 시금치 반찬이 늘 남아요. 왜 그럴까요?"
우리들은 약속이나 한 듯 "맛이 없어서요!"라고 대답했다.
"그런데 반찬을 가려 먹으면 좋을까요?"
선생님이 말씀하시자 개미 목소리로 "아니요!"라고 대답했다.
"편식을 하면 안 좋은 점이 무엇일까요?"
우리들은 저마다 "영양분을 골고루 섭취할 수 없어요!", "음식물 쓰레기가 넘쳐나요.", "몸에 나쁜 병균이 침입해요!"라고 대답했다.
대답을 하면서 나는 편식을 하지 말아야겠다고 생각했다.

(1) 반찬을 가려 먹는다. (   )
(2) 편식을 하지 말아야겠다. (   )
(3) 시금치 반찬이 늘 남는다. (   )

유형 2 **서로 다른 의견 찾기**

대화에서 말하는 이의 서로 다른 의견을 찾는 문제입니다.

2 이 글에서 아빠와 딸의 의견을 찾아 빈칸에 쓰세요.

국어

아빠: 토요일인데 텔레비전에서 뭐 재미있는 것 안 하니?
딸: 저는 「세일러 썬」이라는 프로그램이 재미있어요.
아빠: 그건 만화 영화잖아. 아빠는 스포츠 경기가 재미있는데?
딸: 저는 만화 영화가 웃기고 익살스러워서 재미있어요.
아빠: 나는 스포츠 경기에서 누가 점수를 낼지 기대하며 보는 것이 재미있단다.

(1) [   ] 이/가 재미있다.

(2) [   ] 이/가 재미있다.

3 국어 **이 글에 드러난 두 친구의 의견과 그렇게 생각한 까닭을 선으로 이으세요.**

유형 3 글쓴이의 의견과 그 까닭 알기

글 속에 나타난 글쓴이의 의견에 대한 까닭을 찾는 문제입니다.

신중 매우 조심스러움.

소라에게

소라야, 안녕? 나 정민이야.

지난번 수업 시간에 "소라 너만 착하다고 생각해?"라고 한 것은 미안해. 네 생각에 반대하는 의견을 펼치다가 감정이 격해져서 그랬어. 그리고 사실 나도 비슷한 일을 겪었기 때문이야. 얼마 전에 우리 집 동동이에게 놀이터에서 놀던 친구들이 동동이가 귀엽다고 먹고 있던 과자를 주었거든. 그날 밤 동동이가 많이 아팠어. 동물들은 사람들이 먹는 음식을 잘 소화시키지 못하기 때문에 탈이 나서 아플 수 있어.

나는 이번 일로 길에서 마주친 동물들을 함부로 도와주는 것은 오히려 안 좋을 수 있다는 생각이 들었어. 소라 네가 좋은 마음으로 집이 없는 동물들이 불쌍하니까 동물들을 위한 먹이통을 설치하자고 한 것은 알지만, 사람들이 잘못된 먹이를 넣을 수 있을 것 같아. 그래서 내 생각에는 정말 동물들을 생각한다면 먹이통 설치는 신중하게 생각해야 할 것 같아.

못난 말을 해서 미안해. 너그럽게 이해해 줄 수 있겠니? 앞으로도 우리 우정 변치 말고 사이좋게 지내자. 내일 봐.

○○월 ○○일

너의 친구 정민이가

(1) 동물들을 위한 먹이통을 설치해야 한다.	•	•	① 동물들이 탈이 날 수 있다.
(2) 동물들을 위한 먹이통을 설치하면 안 된다.	•	•	② 집이 없는 동물들이 불쌍하다.

●**글의 종류** 생활문

●**글의 특징** 이 글은 콩꼬투리를 깐 경험을 쓴 생활문입니다. 글쓴이는 콩꼬투리를 깔 때의 생각이나 느낌을 자세하게 표현했습니다.

●**낱말 풀이**
콩꼬투리 콩알이 들어 있는 콩의 꼬투리.
오돌토돌 거죽이나 바닥이 고르지 아니하게 군데군데 도드라져 있는 모양.

지문 ★☆☆

낱말 ★★☆

엄마가 시장에서 콩을 사 오셨다. 그런데 내가 생각했던 동그란 콩알이 아니라 기다란 콩꼬투리가 가득했다.

"우아, 콩꼬투리가 지렁이같이 생겼어요!"

콩꼬투리는 오돌토돌 솜털이 나 있었다.

"으으, 느낌이 이상해요. 솜털이 간지러워요."

엄마는 웃으시며 신문지와 소쿠리를 가져오셨다.

"뭐가 이상해? 이렇게 부드러운데! 콩꼬투리는 이렇게 까는 거야. 오빠랑 콩을 까 주면 엄마가 맛있는 콩밥을 지어 줄게."

나는 엄마가 시키신 대로 오빠와 콩꼬투리를 까기 시작했다. 콩꼬투리 속에 콩들이 옹기종기 나란히 숨어 있었다.

"콩들이 조회 시간에 앞으로 나란히 하는 것처럼 서 있네."

오빠가 실감나게 말하자 나는 까르르 웃었다. 나는 오빠와 콩을 소쿠리에 한가득 깠다. 그리고 몇 개를 골라 콩알 까기 놀이를 했다. 신문지에 콩을 두고 상대편 콩을 맞혀 나가는 쪽이 지는 경기였다. 그런데 콩이 너무 동그래서 이리저리 튕겨 나가 경기가 중단되었다. 나는 몹시 아쉬웠다.

"자, 세상에서 가장 맛있는 콩밥이 왔습니다!"

어느새 엄마가 콩밥을 해 오셨다. 엄마 말씀처럼 오늘 콩밥은 다른 날보다 훨씬 맛있었다. 나와 오빠의 정성이 들어가 있기 때문이다.

㉠<u>앞으로도 콩밥을 많이 먹어야지!</u>

1주 4일 학습 끝!
붙임 딱지 붙여요.

1 '내'가 한 일을 모두 골라 ○표 하세요.

이해

(1) 엄마와 함께 콩밥을 지었다. ( )

(2) 오빠와 함께 콩알 까기 놀이를 하였다. ( )

(3) 오빠와 함께 콩꼬투리에 든 콩을 깠다. ( )

2 글쓴이의 생각과 그렇게 생각한 까닭이 연결되도록 선으로 이으세요.

이해

(1) 콩꼬투리를 만지는 느낌이 이상했다. •	• ① 콩알 까기 경기가 중단되어서
(2) 나는 몹시 아쉬웠다. •	• ② 솜털이 간지러워서

3 글쓴이가 겪은 일의 순서대로 기호를 쓰세요.

구조

㉮ 엄마가 시장에서 콩을 사 오셨다.
㉯ 콩꼬투리를 만지며 이상하다고 하였다.
㉰ 엄마가 해 주신 콩밥은 다른 날보다 맛있었다.
㉱ 오빠와 콩꼬투리를 까다가 콩알 까기 놀이를 했다.

( ) ➡ ( ) ➡ ( ) ➡ ( )

4 글쓴이가 ㉠과 같이 생각한 까닭을 짐작하여 쓰세요.

추론

05

1주

국어사전에서 낱말 찾기

★ 다음 낱말들을 사전에서 찾으려고 합니다. 빈칸에 알맞은 내용을 보기에서 찾아 쓰세요.

보기

무늬　　숯　　허수아비　　고구마　　찌르레기

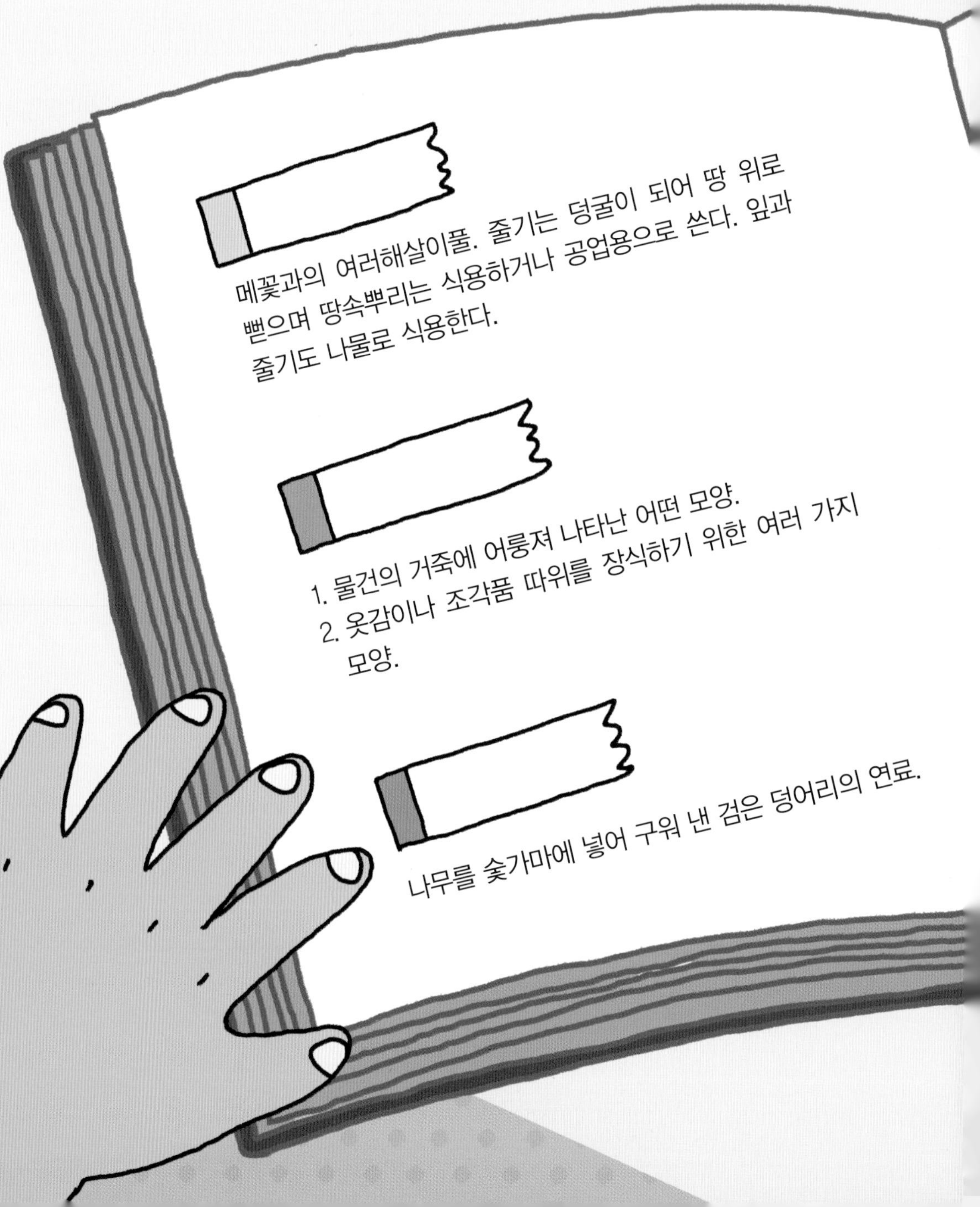

주제 탐구

국어사전에는 낱말을 이루는 글자 순서대로 낱말이 실려 있습니다. 국어사전에서 낱말을 찾으려면 낱말의 첫 글자에서 첫 자음자, 모음자, 받침의 순서대로 찾고, 형태가 바뀌는 낱말은 기본형으로 찾습니다.

★ **빈칸에 알맞은 기본형을 쓰세요.**

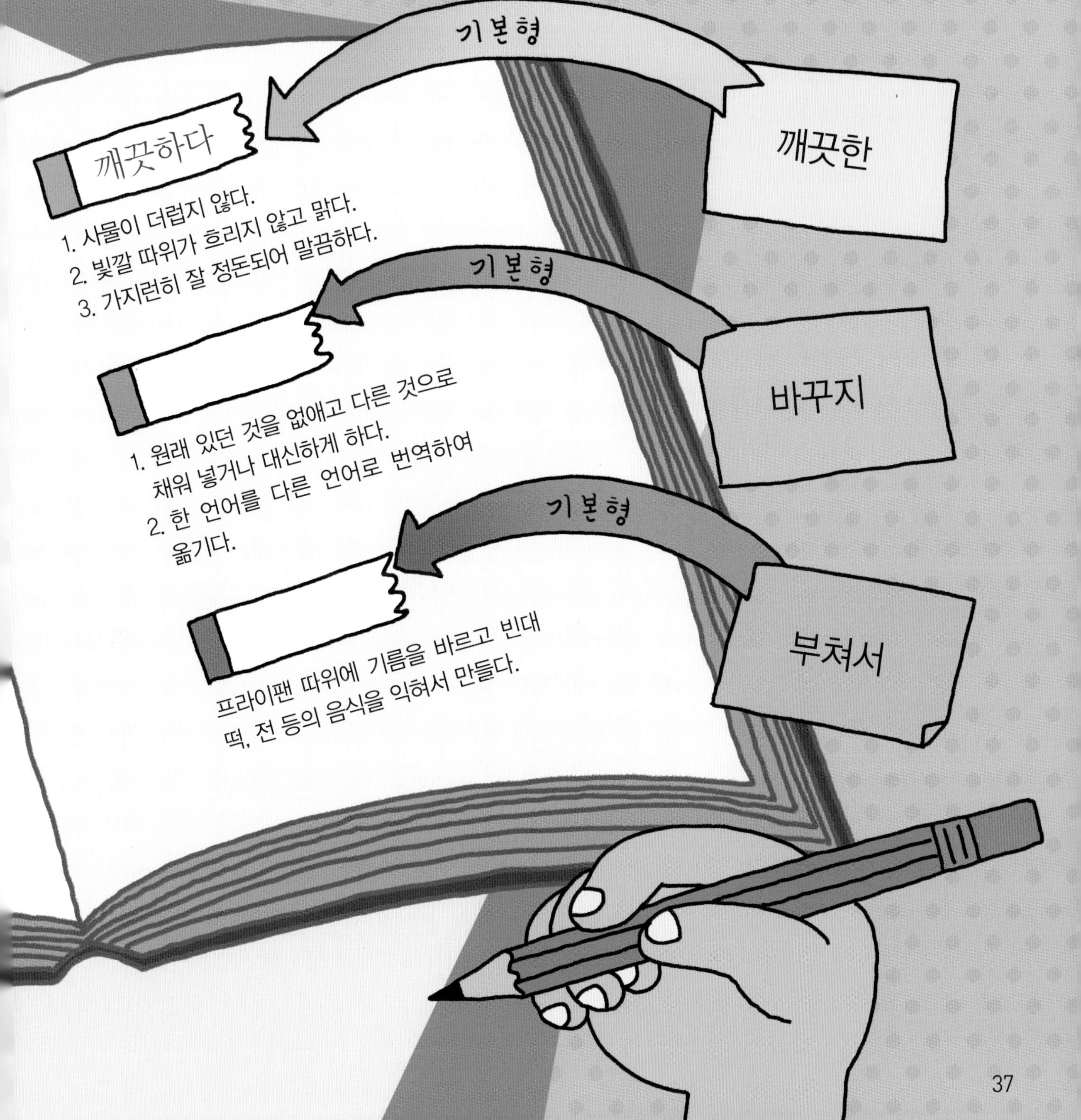

유형 1 **국어사전에 낱말이 실리는 순서 알기**

글자의 짜임에 따라 첫 자음자, 모음자, 받침의 순서를 파악하고 국어사전에 실리는 순서를 알아보는 문제입니다.

1 국어

㉠~㉤을 국어사전에 실리는 순서대로 정리하여 기호를 쓰세요.

> ㉠여우야 여우야 뭐하니? / 잠잔다. / ㉡잠꾸러기
>
> 여우야 여우야 뭐하니? / 세수한다. / ㉢멋쟁이
>
> 여우야 여우야 뭐하니? / 밥 먹는다.
> 무슨 ㉣반찬 / ㉤개구리 반찬
>
> 죽었니 살았니? / 살았다.

(　　　) ➡ (　　　) ➡ (　　　) ➡ (　　　) ➡ (　　　)

유형 2 **형태가 바뀌는 낱말의 기본형 알기**

움직임을 나타내는 낱말과 성질이나 상태를 나타내는 낱말이 상황에 따라 형태가 바뀌는 부분을 파악하는 문제입니다.

앙증맞게 작으면서도 갖출 것은 다 갖추어 아주 깜찍하게.

2 국어

㉠~㉤을 형태가 바뀌지 않는 부분과 형태가 바뀌는 부분으로 나누어 쓴 것 중 알맞지 않은 것은 무엇입니까? (　　　)

> 얼마 전에 동생이 태어났다. 동생은 나를 보고 생글생글 잘 ㉠웃는다. 내가 ㉡만지려고 하면 작은 손으로 내 손가락을 앙증맞게 ㉢잡는다. 동생은 손과 발을 쉴 새 없이 흔들며 우유를 달라고 한다. 엄마가 따뜻한 우유를 주면 꼴깍꼴깍 잘 ㉣먹는다. 나는 동생이 빨리 커서 나랑 ㉤놀았으면 좋겠다.

	형태가 바뀌지 않는 부분	형태가 바뀌는 부분
① ㉠	웃	는다
② ㉡	만	지려고
③ ㉢	잡	는다
④ ㉣	먹	는다
⑤ ㉤	놀	았으면

3 ㉠~㉤을 국어사전에서 찾는 방법이 맞으면 ○표, 틀리면 ×표 하세요.

국어

나는 아빠와 ㉠공룡 박물관에 다녀왔다.

박물관 입구부터 커다란 돌로 만든 공룡 탑이 있었다. 우리는 실내로 들어가서 여러 가지 공룡을 보았다. 나는 공룡의 골격과 공룡 발자국 화석을 3차원 입체 영상으로 보여 주는 것이 신기했다. 그곳에서 설명해 주시는 선생님을 만났는데, 전시된 공룡의 골격이 대부분 모형이라고 해서 조금 실망했다. 그래도 ㉡'오비랍토르'와 ㉢'프로토케라톱스'는 진짜 화석이라고 하셔서 자세히 살펴보았다. 나는 초식 공룡인 '클라멜리사우루스'와 '모놀로포사우루스'도 보고, 하늘을 나는 가장 큰 ㉣익룡 '케찰코아틀루스'도 보았다. 돌아오기 전에 공룡 퍼즐도 ㉤맞추고, 공룡 그림 앞에서 사진도 찍었다.

다음에는 공룡이 더 많이 전시된 공룡 박물관에 가고 싶다.

(1) ㉠은 'ㄱ→ㅗ→ㅇ→ㄹ→ㅛ→ㅇ'의 순서로 찾는다. (　　)

(2) 국어사전에는 ㉡이 ㉢ 뒤에 실린다. (　　)

(3) ㉣을 찾을 때에는 'ㄹ'을 가장 먼저 찾는다. (　　)

(4) ㉤을 찾을 때에는 '맞추다'를 찾아야 한다. (　　)

유형 3 국어사전에서 낱말의 뜻 찾기

모르는 낱말을 국어사전으로 찾는 방법을 묻는 문제입니다.

골격 동물의 체형을 이루고 몸을 지탱하는 뼈.

화석 지질 시대에 생존한 동식물의 유해와 활동 흔적 등이 퇴적물 중에 파묻힌 채로 또는 지상에 그대로 보존되어 남아 있는 것을 통틀어 이르는 말.

●**글의 종류** 설명하는 글(설명문)

●**글의 특징** 에너지 자원의 뜻과 종류를 설명한 글로, 어려운 낱말은 국어사전에서 찾아 가며 읽습니다.

●**중심 내용**
1문단 에너지는 꼭 필요한 자원이며 화석 연료를 가장 많이 사용함.
2문단 석유는 인류가 현재 가장 많이 사용하는 자원임.
3문단 석탄은 가장 많은 자원이며 값도 싸서 많이 이용함.
4문단 천연가스는 열효율이 높고 공해 물질을 적게 배출해 이용량이 크게 늘고 있음.
5문단 원자력은 비교적 저렴하지만, 방사능 누출과 핵폐기물 같은 문제가 있음.
6문단 미래의 에너지는 자연의 힘을 이용하는 방향으로 바뀌고 있음.

●**낱말 풀이**
자원 인간 생활 및 경제 생산에 이용되는 원료로서의 광물, 산림, 수산물, 노동력, 기술 등을 통틀어 이르는 말.
열효율 기관에 공급된 열이 유효한 일로 바뀐 정도를 나타내는 비율.
고갈되고 어떤 일의 바탕이 되는 돈이나 물자, 소재, 인력 등이 다하여 없어지고.
배출하는 안에서 밖으로 밀어 내보내는.
방사선 방사성 원소의 붕괴에 따라 물체에서 방출되는 입자들.
누출될 액체나 기체 등이 밖으로 새어 나올.

지문 ★★☆
낱말 ★★☆

에너지는 우리가 살아가는 데 없어서는 안될 ㉠자원입니다. 그중에서 우리가 가장 많이 사용하는 것은 석유, 석탄, 천연가스 등의 화석 연료입니다. 화석 연료는 땅속에 묻혀 있는 자원을 말합니다.

석유는 사용이 편하고 ㉡열효율이 높아서 인류가 현재 가장 많이 사용하는 자원입니다. 그래서 이미 고갈되고 있으며 아시아, 아프리카, 아메리카의 일부 지역에 집중적으로 묻혀 있기 때문에 나라 간의 이동이 많습니다.

석탄은 석유보다 사용이 불편하고 탈 때 ㉢공해 물질을 내뿜습니다. 그렇지만 인류의 자원 중에 가장 많고 값도 싸서 아직도 많이 사용하고 있습니다.

천연가스는 열효율이 높고 공해 물질을 적게 ㉣배출하는 자원입니다. 환경 문제가 전 세계적으로 심각해지면서 이용량이 크게 늘고 있습니다.

이 밖에 원자력은 비교적 저렴하게 전력을 많이 낼 수 있고, 환경 오염에도 영향을 끼치지 않습니다. 그러나 방사선 물질이 누출될 위험과 핵폐기물을 처리해야 하는 문제가 남아 있습니다.

미래의 에너지는 햇빛, 물, ㉤바람, 땅의 열기, 생물 등 자연의 힘을 이용하는 방향으로 바뀌고 있습니다.

공장 굴뚝에서 내뿜는 매연

1주 5일 학습 끝!

붙임 딱지 붙여요.

1 이 글의 내용으로 알맞은 것을 두 가지 고르세요. (   )

이해

① 석유는 묻혀 있는 양이 충분하다.

② 석탄은 인류의 자원 중 가장 많고 값이 싸다.

③ 천연가스와 원자력은 환경 오염의 주요한 원인이다.

④ 에너지는 우리가 살아가는 데 없어서는 안될 자원이다.

⑤ 미래의 에너지는 환경 문제를 일으키는 에너지가 될 것이다.

2 ㉠~㉢의 뜻을 찾을 때 국어사전을 바르게 활용하지 못한 친구에 ○표 하세요.

이해

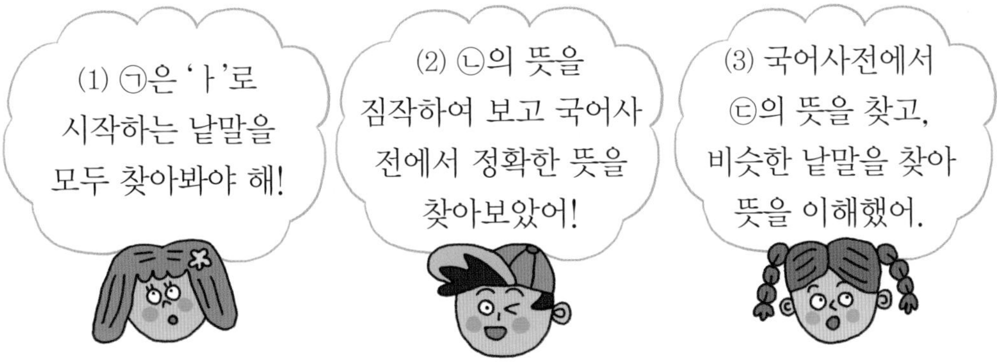

3 ㉣의 기본형을 파악하여 쓰세요. (   )

어휘

4 ㉤을 국어사전에서 찾을 때 이 글에 알맞은 뜻을 찾아 기호를 쓰세요.

추론

㉮ 무슨 일에 더불어 일어나는 기세.

㉯ 어떤 일이 이루어지기를 기다리는 간절한 마음.

㉰ 기압의 변화에 의하여 일어나는 공기의 움직임.

(   )

재미있는 우리말 유래

말은 오랜 시간이 지나면서 조금씩 변하기도 하고, 새로운 말이 만들어지기도 해요. '감쪽같다'는 말도 맛있는 곶감을 빼앗길까 봐 서둘러 먹어 치운다는 말에서 유래하였지요. 이렇게 말의 유래를 알면 말의 뜻을 쉽게 이해할 수 있고, 더 오래 기억할 수 있어서 좋아요.

재미있는 우리말 유래

- **까불다** 조금 아는 것을 많이 아는 듯이 떠들고, 가볍게 행동하는 것을 뜻하는 말이에요. 곡식에 있는 껍질 등을 골라낼 때 '키'에 곡식을 놓고 위아래로 흔드는 것을 '까부르다', '까불다'라고 하는데 이때 쉽게 껍질이 날아가 버리는 것에서 유래한 말이에요.
- **딴전** 해야 할 일을 미뤄 두고 다른 일을 하거나, 당장 눈앞에 있는 문제와 상관없는 행동을 하는 것을 뜻하는 말이에요. 옛날에는 물건 파는 가게를 '전'이라고 불렀는데 자기 가게를 두고 다른 집 가게인 딴전을 보는 것에서 유래한 말이에요.
- **오지랖** 주제넘게 남의 일에 간섭하거나, 아무 일에나 참견하는 것을 뜻하는 말이에요. 옛날에는 옷의 앞자락을 '오지랖'이라고 했는데 앞자락이 넓으면 다른 옷을 다 덮어 버리는 것에서 유래한 말이에요.

1 다음 낱말의 유래와 관계있는 그림을 찾아 선으로 이으세요.

(1) 까불다 •

• ① 

• ② 

(2) 오지랖 •

• ① 

• ② 

2 다음 문장에 어울리는 말을 보기에서 찾아 쓰세요.

보기
딴전　　오지랖　　까불다

(1) 영호는 자기가 불리할 때는 항상 (　　　　)을/를 피운다.

(2) 야구 선수 앞에서 야구 잘한다고 (　　　　) 망신을 당했다.

(3) 진영이는 (　　　　)이/가 넓어서 옆반에서 일어나는 일까지 다 알고 있다.

이번 주 나의 독해력은?	
	이번 주 학습을 모두 끝마쳤나요?
	글을 읽고 글쓴이의 의견과 까닭을 파악할 수 있나요?
	국어사전을 활용하여 글을 읽을 수 있나요?

정답 1. (1) ① (2) ② 2. (1) 딴전 (2) 까불다 (3) 오지랖

06

중심 문장과 뒷받침 문장 알기

2주

★ 뽑기 기계에서 나온 문장을 보고, 중심 문장과 뒷받침 문장으로 구분하여 숫자를 쓰세요.

1 학교에는 여러 곳이 있습니다.

2 우리들이 공부하는 교실이 있습니다.

3 우리들이 뛰어노는 운동장이 있습니다.

4 선생님들이 일하시는 교무실이 있습니다.

5 우리들이 아플 때 치료를 받는 보건실이 있습니다.

6 우리들이 실내에서 뛰어노는 체육관이 있습니다.

주제 탐구

여러 문장이 모여 한 가지 생각을 나타내는 것을 문단이라고 합니다. 문단의 내용을 대표하는 문장을 중심 문장이라고 합니다. 그리고 중심 문장을 구체적으로 설명하는 문장을 뒷받침 문장이라고 합니다.

유형 1 중심 문장 찾기

문단에서 전체 내용을 대표하는 문장을 찾는 문제입니다.

팽이치기 팽이를 채로 쳐서 돌리는 놀이.
원뿔 밑면이 원이고, 옆면이 곡면인 입체 도형.
축 활동이나 회전의 중심.
탑블레이드 팽이를 소재로 한 한일 합작 애니메이션. 또는 팽이 장난감.

1 이 글에서 문단을 대표하는 문장의 기호를 쓰세요. (　　　)

체육

㉠팽이치기는 옛날부터 즐기던 놀이입니다. ㉡팽이치기는 겨울철에 어린이들이 얼음판 위에서 했습니다. ㉢어린이들은 원뿔 모양으로 깎아 만든 팽이를 채로 쳐서 돌렸습니다. ㉣작은 팽이는 축 부분을 잡고 손으로 돌리기도 합니다. ㉤최근에는 탑블레이드와 같은 장난감 팽이가 등장하였습니다.

유형 2 중심 문장의 위치 알기

각 문단에서 전체적인 내용을 가장 잘 표현한 문장을 찾고, 그 위치를 파악하는 문제입니다.

식충 식물 벌레잡이 식물. 잎으로 벌레를 잡아 소화·흡수하여 양분을 취하는 식물.
감각모 감각 세포가 있어서 외부의 자극을 수용하는 털.

2 ㈎와 ㈏의 중심 문장에 각각 밑줄을 그으세요.

과학

㈎ 벌레를 잡아먹으며 살아가는 식물을 식충 식물이라고 합니다. 파리지옥은 잎에 붙어 있는 감각모에 개미, 파리 등의 벌레가 닿으면 잎을 닫아 잡아먹습니다. 끈끈이주걱은 뿌리에서 뭉쳐 난 잎에서 끈끈한 액체를 내어 벌레를 잡습니다.

㈏ 참새는 우리 민족의 옛이야기 속에 많이 등장합니다. 참새는 해로운 곤충을 잡아먹어 사람에게 도움을 줍니다. 그러나 농작물을 쪼아 먹어 사람에게 피해를 주기도 합니다. 이처럼 참새는 우리에게 친근한 동물입니다.

3 ㉠~㉤을 중심 문장과 뒷받침 문장으로 구분하여 기호를 쓰세요.

사회

㉠탈놀이는 연기를 하는 사람이 등장인물이나 동물의 특징을 살린 탈을 쓰고 등장하여 극적인 장면을 연출하는 연극입니다. 지금까지 전해지는 탈놀이 중 대표적인 탈놀이로는 양주 별산대놀이, 송파 산대놀이, 봉산 탈춤, 강령 탈춤, 통영 오광대놀이 등이 있는데 가면극이나 탈춤이라고도 부릅니다.

㉡탈놀이는 농사가 잘되라고 기원하던 의식에서 발생해서 주로 명절놀이나 나라의 행사로 동원되어 놀았습니다. 고려나 조선 시대에는 산대라고 불리던 임시 무대에서 공식적인 행사나 의식으로 상연되었으나 산대극이 공적인 무대에서 상연되는 일이 폐지되고 민속극으로 정착하면서부터는 사람들을 모아 평지나 산기슭의 비탈진 곳을 무대로 놀았습니다.

㉢탈놀이를 할 때에는 여러 가지 탈을 쓰고 대사를 주고받으며 춤을 추고 노래를 합니다. 탈은 탈놀이에서 필수적인 요소입니다. ㉣각 지방마다 12가지 탈놀이에 따라 제각기 다른 표정의 탈을 사용하고 있으며, 그 종류와 수가 많습니다. 탈을 쓰고 연기를 하는 사람은 모두 남자였고, 여자가 맡아 하게 된 것은 일제 강점기 이후부터입니다. 탈놀이는 음악 반주에 맞춘 춤을 중심으로 노래와 대사가 따릅니다. ㉤대사의 내용은 민간으로 내려오면서부터 사회를 비판하거나 가난한 서민들의 생활 모습을 풍자하는 등 내용이 다양해졌습니다.

(1) 중심 문장: (   ) (2) 뒷받침 문장: (   )

유형 3 중심 문장과 뒷받침 문장 구분하기

문단의 내용을 대표하는 중심 문장과 중심 문장을 구체적으로 설명하는 뒷받침 문장을 구분하는 문제입니다.

탈 종이나 나무, 흙 등으로 만들어 얼굴에 쓰는 물건.
산대 산대놀음 등과 같은 민속놀이를 하기 위하여 큰길가나 빈터에 마련한 임시 무대. 또는 그 무대에서 하는 탈놀음.
대사 연극이나 영화 등에서 배우가 하는 말.
비판하거나 현상이나 사물의 옳고 그름을 판단하여 밝히거나 잘못된 점을 지적하거나.

●**글의 종류** 설명하는 글(설명문)

●**글의 특징** 이 글은 한옥의 뜻과 특징, 지붕의 재료에 대해 설명하였습니다.

●**중심 내용**
(가) 한옥은 우리 고유의 집을 뜻하는 말임.
(나) 한옥에는 온돌과 마루가 있음.
(다) 한옥은 지붕 재료에 따라 기와집과 초가집으로 나뉨.

●**낱말 풀이**
균형 어느 한쪽으로 기울거나 치우치지 아니하고 고른 상태.
안채 한 집 안에 안팎 두 채 이상의 집이 있을 때, 안에 있는 집채.

지문 ★☆☆

낱말 ★★☆

(가) 한옥은 우리 고유의 집을 뜻하는 말입니다. 한옥은 서양의 집과 비교하여 이르는 말로, 주로 예부터 조상들이 살던 집을 말합니다.

(나) 한옥의 특징은 온돌과 마루가 있다는 것입니다. 온돌은 아궁이에 불을 지펴서 방바닥 아래에 깔린 넓적한 돌판을 뜨겁게 달구어 방 안 전체를 따뜻하게 하는 난방 장치입니다. 구들장이라고 불리는 넓적한 돌판은 한번 달구어지면 오랫동안 식지 않기 때문에 경제적인 난방 방법입니다. 그리고 마루는 지금의 거실과 같은 역할을 하는 곳으로 바람이 잘 통하도록 만든 공간입니다. 온돌과 마루는 사계절이 뚜렷한 우리나라의 기온 차이를 극복하고 균형을 잡아 줍니다.

(다) 한옥은 지붕의 재료에 따라 기와집과 초가집으로 나뉩니다. 부유한 집에서는 기와로 지붕을 올렸고, 서민들은 대부분 볏짚으로 이은 초가지붕을 얹었습니다. 옛날에는 기와가 비쌌기 때문에 기와집에는 주로 양반들이 살았습니다. 기와집은 여러 채의 건물에 신분과 남녀, 나이에 따라 공간을 구별하여 안채와 사랑채, 행랑채 등으로 공간을 배치하였습니다. 서민들은 풀과 갈대 등을 엮어서 초가지붕을 얹고, 쉽게 구할 수 있는 돌과 나무로 집을 지었습니다. 초가지붕은 겨울에는 열을 빼앗기지 않고 여름에는 열을 차단해 주면서 재료를 구하기도 쉽고 비도 잘 스며들지 않아 가장 널리 사용되었습니다.

1 이 글에서 설명하는 대상은 무엇입니까? (   )

이해

① 한옥 ② 양옥 ③ 아궁이
④ 구들장 ⑤ 사랑채

2주 1일 학습 끝!
붙임 딱지 붙여요.

2 (가)~(다)의 중심 문장을 선으로 이으세요.

이해

(1) (가) •	• ① 한옥의 특징은 온돌과 마루가 있다는 것입니다.
(2) (나) •	• ② 한옥은 우리 고유의 집을 뜻하는 말입니다.
(3) (다) •	• ③ 한옥은 지붕의 재료에 따라 기와집과 초가집으로 나뉩니다.

3 (나)의 중심 문장과 뒷받침 문장을 구분하여 정리한 것입니다. 빈칸에 알맞은 말을 쓰세요.

구조

중심 문장	한옥의 특징은 온돌과 마루가 있다는 것입니다.

뒷받침 문장	뒷받침 문장
온돌은 아궁이에 불을 지펴서 방바닥 아래에 깔린 넓적한 돌판을 뜨겁게 달구어 방 안 전체를 따뜻하게 하는 난방 장치입니다.	마루는 ______________________

2주

07 문단의 짜임을 생각하며 읽기

★ 문단의 짜임에 맞게 두 문단으로 나누어 중심 문장과 뒷받침 문장의 번호를 쓰세요.

(1) 축구는 두 팀이 공을 다루며 겨루는 팀 스포츠입니다.

(2) 축구는 경기장 양쪽 끝에 있는 다른 팀 골대에 골을 많이 넣는 팀이 이깁니다.

(3) 축구는 손과 팔을 제외한 신체의 모든 부위로 공을 다룰 수 있어서 경기 기술이 다양합니다.

(4) 이와 같이 축구는 공만 있으면 누구나, 언제든, 어디서든 즐길 수 있는 스포츠입니다.

(5) 축구는 남녀노소를 가리지 않고 공을 찰 수 있는 공간만 있으면 즐길 수 있습니다.

(6) 축구를 직접 할 수 없다면 텔레비전, 인터넷을 통해 언제든 다양한 축구 중계를 볼 수 있습니다.

(7) 최근에는 국내 경기뿐 아니라 월드컵과 전 세계의 프로 리그 등을 다양하게 시청할 수 있습니다.

주제 탐구

문단의 짜임을 생각하며 글을 읽을 때에는 중심 문장이 어디에 있는지 알아야 합니다. 문단에서 가장 중요한 내용이 중심 문장입니다. 뒷받침 문장은 중심 문장의 내용을 이해하기 쉽게 예를 들거나 설명합니다.

유형 1 한 문단에서 중심 문장 찾기

문단의 내용을 대표하는 중심 문장을 찾는 문제입니다.

1 이 문단의 중심 문장을 찾아 밑줄을 그으세요.

체육

줄넘기 운동을 하면 좋은 점이 많습니다. 줄넘기 운동은 키가 크는 데 도움이 됩니다. 그리고 줄넘기 운동을 꾸준히 하면 심장과 폐가 튼튼해집니다. 또, 줄넘기 운동을 하면 다리의 힘이 길러지고, 비만 예방에도 도움이 됩니다.

유형 2 문단의 짜임 파악하기

중심 문장의 위치를 파악하여 문단의 짜임을 파악하는 문제입니다.

덧댄 대어 놓은 것 위에 겹쳐 댄.

2 이 문단의 짜임을 바르게 나타낸 것에 ○표 하세요.

음악

꽹과리는 소리가 요란하고 연주 기법이 화려한 악기입니다. 놋쇠로 만든 대접 모양의 악기로 다른 악기의 가락을 이끄는 역할을 합니다. 장구는 잘록한 허리가 있는 나무통 두 개에 가죽을 덧댄 악기입니다. 꽹과리가 크고 화려한 느낌이라면 장구는 잔잔한 느낌을 줍니다. 징은 꽹과리보다 큰 쟁반 모양의 악기로, 다른 악기들의 소리를 감싸면서 각 장단의 특성에 맞게 가락을 연주해 전체적인 질서를 잡아 줍니다. 그리고 북은 큰 나무 양쪽에 가죽을 덧댄 악기로, 박자를 잡아 줍니다. 이처럼 사물놀이는 꽹과리, 장구, 징, 북을 가지고 어우러져 치는 놀이입니다.

(1)

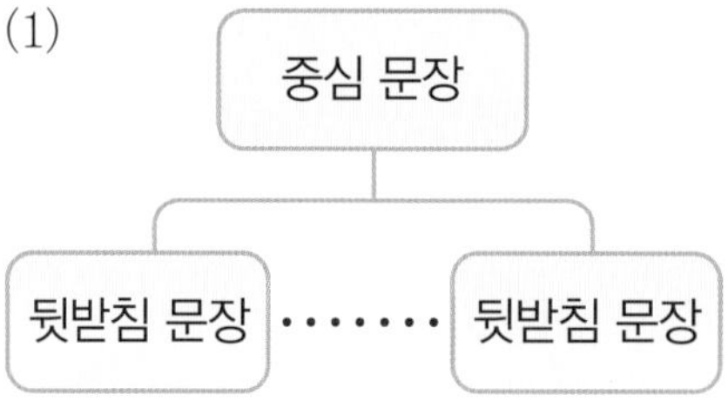

(2)

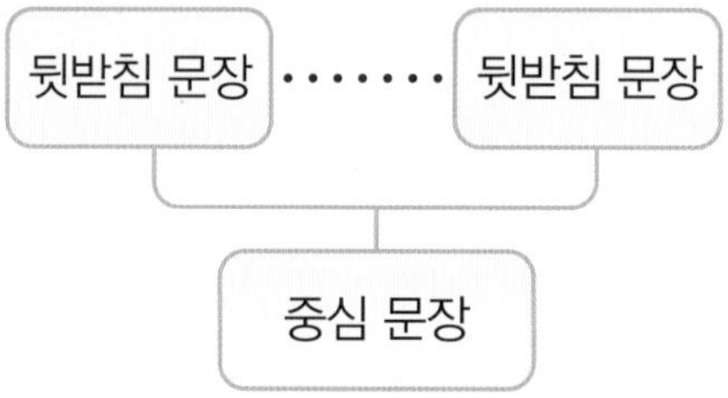

3 (가)~(나)의 문단의 짜임에 맞는 문장을 빈칸에 쓰세요.

과학

(가) 식물은 동물과 다릅니다. 식물은 스스로 양분을 만들지만, 동물은 식물이나 식물을 먹는 다른 동물을 먹이로 삼아 살아갑니다. 그리고 식물은 동물처럼 마음대로 옮겨 다니지 못합니다. 한번 뿌리를 내리면 이동하기 어렵기 때문에 환경에 적응하며 살아갑니다.

(나) 식물의 뿌리는 몸을 지탱하고 땅속에 있는 물과 양분을 흡수해 저장합니다. 뿌리에서 나온 줄기는 잎과 뿌리를 연결해 주고, 양분과 물을 운반해 주는 역할을 합니다. 또, 식물의 몸을 지탱하고 자라게 하고, 잎을 매다는 일을 하기도 합니다. 줄기에 매달린 잎은 광합성을 통해 식물에 필요한 영양분을 만들어 냅니다. 그리고 우리 몸의 피부처럼 숨구멍으로 수증기를 공기 중에 내뿜어 증발시키기도 합니다. 마지막으로 꽃은 식물의 수를 널리 퍼뜨리는 번식을 담당합니다. 이처럼 식물의 뿌리, 줄기, 잎은 영양과 생장을 담당하고 꽃은 식물의 번식을 담당합니다.

(1)

식물은 스스로 양분을 만듦.

식물은 동물처럼 옮겨 다니지 못함.

뿌리가 하는 일

줄기가 하는 일

잎이 하는 일

꽃이 하는 일

(2)

유형 3 문단의 구조 알기

중심 문장과 뒷받침 문장을 파악하고 문단의 짜임을 구조화하여 정리하는 문제입니다.

광합성 녹색식물이 빛 에너지를 이용하여 이산화탄소와 수분으로 유기물을 합성하는 과정.
번식 생물이 생식을 통하여 자기 자손을 유지하고 늘리는 현상.
생장 나서 자람. 또는 그런 과정.

● **글의 종류** 설명하는 글(설명문)

● **글의 특징** 이 글은 올림픽을 상징하는 오륜기의 모양과 그 의미에 대해 설명한 글입니다.

● **중심 내용**
㈎ 오륜기에는 전 세계가 하나라는 의미가 담겨 있음.
㈏ 오륜기는 올림픽에서 중요하게 사용하고 보존함.
㈐ 오륜기에 그려진 모양은 전 세계의 화합과 평화를 상징함.

● **낱말 풀이**
화합 화목하게 어울림.
상징 의미나 가치 등을 머릿속에 그리는 것.
게양하도록 기 등을 높이 걸도록.
개회식 집회나 회합 등을 시작할 때 행하는 의식.
폐회식 집회나 회합 등을 마칠 때 행하는 의식.

지문 ★☆☆
낱말 ★★☆

㈎ 4년에 한 번씩 개최되는 올림픽은 오륜기 아래 지구촌이 하나가 되는 국제적인 대회입니다. 오륜기는 각 나라에서 사용하는 국기와 다르게 전 세계에서 모인 선수들이 우정과 화합을 다지는 축제의 상징이기도 합니다. 이처럼 오륜기에는 전 세계가 하나라는 의미가 담겨 있습니다.

㈏ 오륜기는 올림픽에서 중요하게 사용하고 보존합니다. 경기장 안이나 그 주위에 참가국 국기들과 함께 게양하도록 되어 있습니다. 특히 개회식과 폐회식에서 개회 선언과 폐회 선언을 할 때 동시에 기를 올리거나 내리도록 되어 있습니다. 그리고 오륜기는 다음 대회 주최국의 개최지 시장이 대회 때까지 보관할 책임을 집니다.

㈐ 오륜기의 모양은 여러 가지 뜻을 상징합니다. 오륜기는 하얀색 바탕의 중앙에 올림픽 마크가 그려져 있습니다. 왼쪽으로부터 파란색, 노란색, 검정색, 초록색, 빨간색의 순서로 다섯 개의 동그라미가 서로 고리처럼 연결되어 있습니다. 이것은 각각 유럽, 아시아, 아프리카, 오세아니아, 아메리카의 다섯 개 대륙을 상징합니다. 그리고 동그라미가 고리로 연결된 것은 전 세계인의 화합과 평화를 상징합니다.

1 이 글이 설명하는 대상은 무엇입니까? (   )

이해

① 올림픽　　② 오륜기　　③ 개회식
④ 폐회식　　⑤ 운동선수

2주 2일
학습 끝!

붙임 딱지 붙여요.

2 이 글의 내용으로 맞으면 ○표, 틀리면 ×표 하세요.

이해

(1) 오륜기는 올림픽에서 중요하게 사용한다. (   )
(2) 오륜기의 다섯 색깔은 피부색을 상징한다. (   )
(3) 오륜기의 고리 모양은 화합과 평화를 상징한다. (   )
(4) 오륜기는 다음 대회 주최국의 개최지 시장이 보관한다. (   )

3 ㈎~㈐의 중심 문장을 선으로 이으세요.

이해

(1) ㈎ •	• ① 오륜기의 모양은 여러 가지 뜻을 상징합니다.
(2) ㈏ •	• ② 오륜기는 올림픽에서 중요하게 사용하고 보존합니다.
(3) ㈐ •	• ③ 오륜기에는 전 세계가 하나라는 의미가 담겨 있습니다.

4 문단 ㈐의 짜임을 알맞게 나타낸 것에 ○표 하세요.

구조

(1)
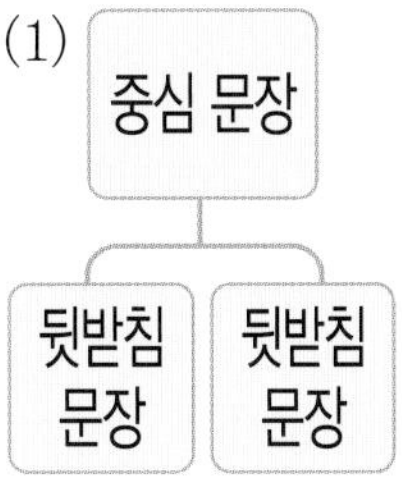

(2)
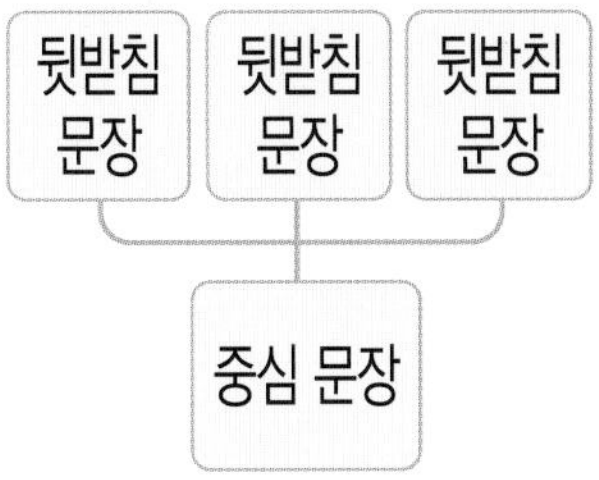

(3)
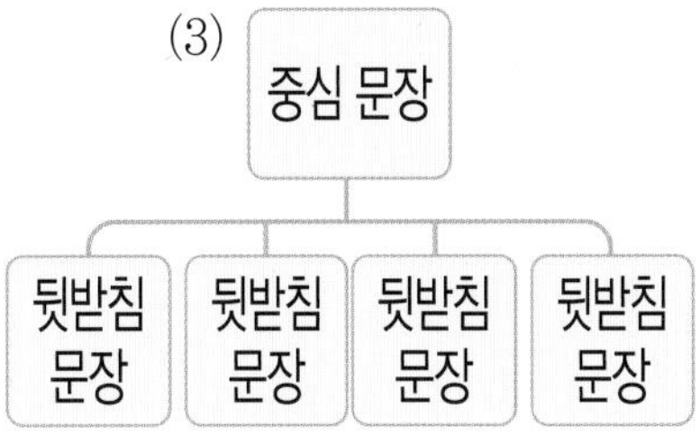

08 인물의 의견과 그 까닭 알기

★ 콩꼬투리 속에 들어 있던 완두콩 오 형제가 각자 가고 싶은 곳을 말했어요. 왜 그곳에 가고 싶어 했는지 사다리를 타고 가서 숫자를 쓰세요.

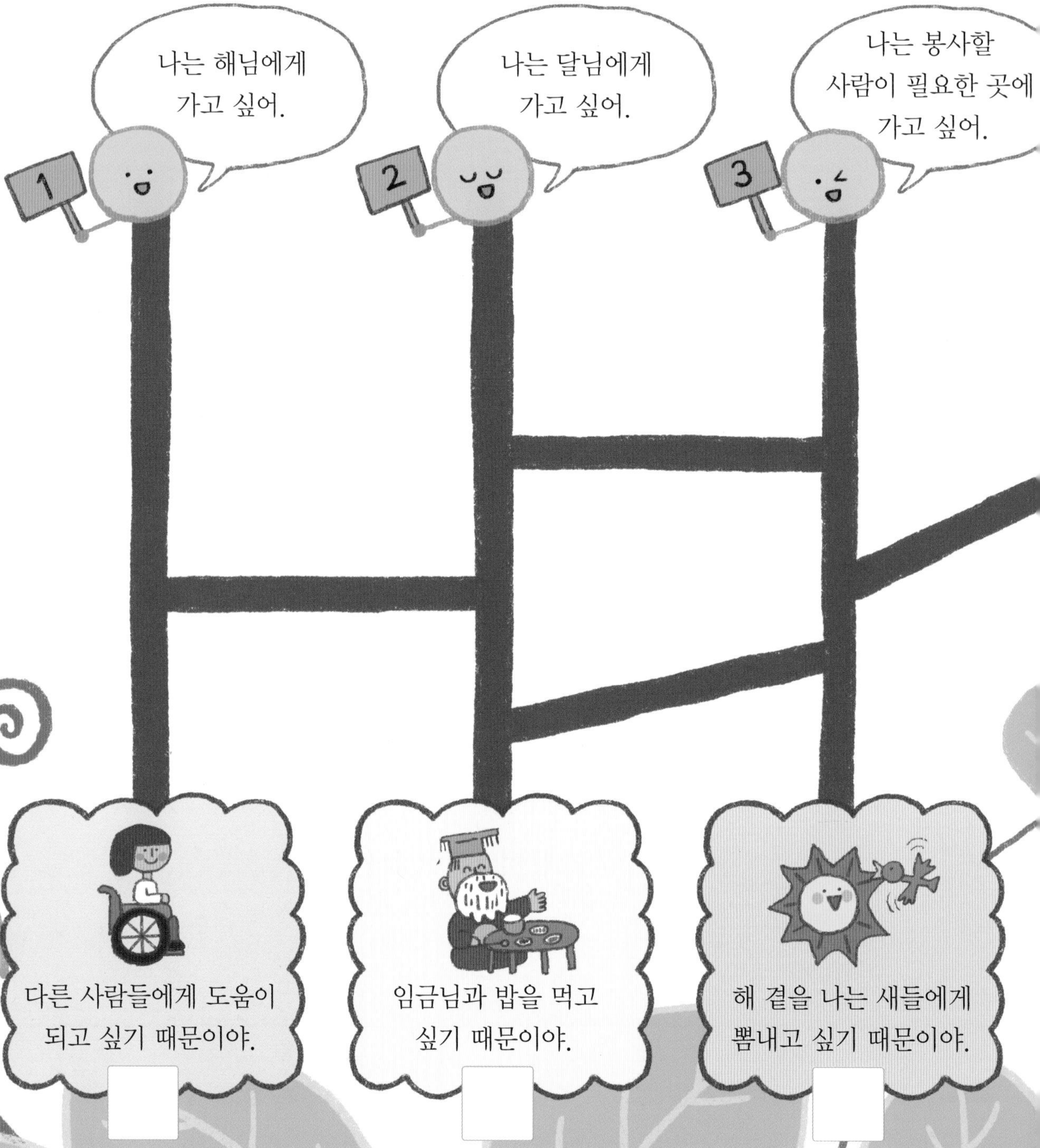

나는 이곳에 가고 싶어. 왜냐하면~

4 나는 궁궐에 가고 싶어.

5 나는 바다에 가고 싶어.

갈매기를 보고 싶기 때문이야.

달 속에 산다는 두꺼비와 놀고 싶기 때문이야.

주제 탐구

인물이 어떤 대상에게 지니는 생각을 의견이라고 합니다. 이야기를 읽으면서 인물의 의견과 그 까닭을 알면 인물이 왜 그렇게 말하고 행동했는지 잘 이해할 수 있습니다. 또, 인물의 의견에 대한 자신의 생각도 친구들과 나누어 볼 수 있습니다.

유형 1 인물의 의견 알기

인물의 말과 행동을 통해 인물의 의견을 파악하는 문제입니다.

1 ㉠과 ㉡에 나타난 두 인물의 공통된 의견에 ○표 하세요.

국어

어느 날 물이 빠진 바닷가에서 커다란 조개 하나가 입을 쫙 벌리고 햇볕을 쬐고 있었습니다.

그때 갑자기 황새 한 마리가 날아오더니 날카로운 부리로 조개의 속살을 쪼았습니다. 깜짝 놀란 조개가 입을 꽉 다물자 황새 부리가 조개 입 속에 꼭 끼고 말았습니다.

㉠"네가 계속 물고 있으면 볕에 속살이 말라서 죽을걸?"

㉡"흥! 내가 놓아 주지 않으면 네가 굶어 죽을걸?"

황새가 조개에게 큰소리를 치자 조개도 코웃음을 쳤습니다. 이때 마침 이 모습을 본 어부가 조개와 황새를 함께 잡아 버렸습니다.

(1) 내가 양보하겠다. ( )

(2) 내가 먹고 말겠다. ( )

(3) 나 혼자 살아야겠다. ( )

유형 2 인물이 그렇게 행동한 까닭 찾기

인물의 말과 행동을 살펴보고 그렇게 행동한 까닭을 찾는 문제입니다.

2 도둑이 ㉠과 같이 행동한 까닭을 찾아 밑줄을 그으세요.

국어

임금님에게는 원하는 것을 나오게 하는 신기한 맷돌이 있었습니다. 어느 날 도둑이 이 맷돌을 훔쳐서 배를 타고 바다로 달아났습니다. 도둑은 바다 한가운데에서 생각했습니다.

"옳지! 소금을 나오게 하면 큰돈을 벌 수 있을 거야."

㉠도둑은 맷돌을 돌리면서 "나와라, 소금!"을 외쳤습니다. 그러자 맷돌에서 소금이 꾸물꾸물 쏟아져 나왔습니다.

도둑은 신이 나서 덩실덩실 춤을 추었습니다. 그런데 그 사이에 소금이 배에 한가득 차서 흘러넘치기 시작했습니다. 그 순간 배가 갸우뚱하였고, 욕심을 부린 도둑은 맷돌과 함께 물에 빠지고 말았습니다.

3 인물들의 의견과 그 까닭을 찾아 선으로 이으세요.

국어

어느 날 사람이 잠든 사이에 눈, 코, 귀, 입이 한자리에 모였어요.

눈이 피곤해하며 말했어요.

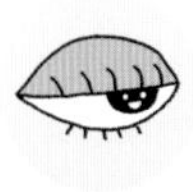

눈: 하루 종일 두 눈을 굴리며 다녔더니 피곤하다. 너희들이 편안한 것도 다 내 덕인 줄 알아라!

코: 무슨 소리, 내가 두 콧구멍으로 쉴 새 없이 숨을 들이마시고 내쉬니까 너희들이 살 수 있는 거라고!

코가 발끈하자 귀가 한심하다는 듯 말했어요.

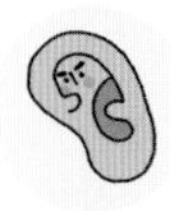

귀: 쯧쯧, 내가 날마다 두 귀로 사람들의 말에 귀를 기울이니까 너희들이 겸손해지는 거라고!

그런데 입은 아무 말도 하지 않았어요. 눈과 코와 귀가 말을 하라고 재촉하자 입은 할 수 없이 말했어요.

입: 글쎄, 뭐 난 잘난 것이 없어서……. 필요 없는 말을 하지 말라고 한 개만 있는 것 같아!

눈과 코와 귀는 잘난 척한 자신이 부끄러웠어요.

(1) 내 덕에 너희들이 편안하다. •	• ① 필요 없는 말을 하지 않기 때문이다.
(2) 나 때문에 너희들이 살 수 있다. •	• ② 두 눈을 굴리며 다니기 때문이다.
(3) 나 때문에 너희들이 겸손해진다. •	• ③ 사람들의 말에 귀를 기울이기 때문이다.
(4) 나는 잘난 것이 없다. •	• ④ 숨을 들이마시고 내쉬기 때문이다.

유형 3 인물의 의견과 그 까닭 찾기

이야기에서 각 인물이 말한 의견과 까닭을 찾는 문제입니다.

겸손해지는 남을 존중하고 자기를 내세우지 않는 태도가 있는.

재촉하자 어떤 일을 빨리 하도록 조르자.

● **글의 종류** 이야기(동화)

● **글의 특징** 이 글은 그리스 로마 신화로, 지나친 욕심을 부린 미다스 왕이 자신의 행동을 반성하는 이야기를 통해 지나친 욕심을 부려서는 안 된다는 교훈을 줍니다.

● **낱말 풀이**
단숨에 쉬지 않고 곧장.
부질없는 대수롭지 아니하거나 쓸모가 없는.

지문 ★☆☆
낱말 ★★☆

제우스 신의 아들 디오니소스는 사라진 스승 실레노스를 찾다가 미다스 왕이 스승 실레노스를 데리고 있다는 소문을 듣고 찾아갔어요.

"미다스 왕이여, 그대가 내 스승을 거두어 정성껏 보살펴 줬으니 내가 그대의 소원이 무엇이든 다 들어주겠노라."

평소 욕심이 많았던 미다스 왕은 기뻐서 얼른 대답했어요.

"㉠그렇다면 제가 어떤 물건에 손을 대든 모두 황금으로 변하게 해 주십시오."

"그 소원은 지혜롭지 못하오. 다시 한번 생각해 보시오."

"디오니소스 님의 능력이 안 된다면 할 수 없지요."

디오니소스는 할 수 없이 소원을 들어주었어요. 그 뒤 미다스 왕의 손이 닿은 물건은 모두 황금이 되었어요. 미다스 왕은 신이 나서 큰 잔치를 벌였어요. 그런데 건배를 하려고 포도주 잔을 든 순간, 포도주까지 황금으로 변했어요. 미다스 왕은 이제 아무것도 먹을 수 없게 되었어요.

미다스 왕은 배가 너무 고파서 디오니소스에게 다시 황금으로 변하는 일이 사라지도록 해 달라고 애원했어요.

"어리석은 왕이여, 지금이라도 팍타로스강에 가서 머리와 몸을 씻고 당신의 욕심을 반성하면 소원대로 이루어질 것이다."

미다스 왕은 단숨에 강으로 가서 몸을 씻었어요.

㉡"황금만 있으면 행복할 것 같았는데. 이렇게 부질없는 것일 줄이야……."

그 뒤 미다스 왕은 시골로 가서 조용하게 지냈어요.

붙임 딱지 붙여요.

1 추론 **㉮~㉱ 중 미다스 왕의 성격으로 알맞은 것을 두 가지 찾아 기호를 쓰세요. (　　　　　)**

㉮ 겁이 많다.	㉯ 인자하다	㉰ 경솔하다	㉱ 욕심이 많다.

2 이해 **미다스 왕이 ㉠과 같이 말한 까닭은 무엇입니까? (　　　　)**

① 황금이 있으면 행복할 것 같아서
② 물건에 손을 대는 것을 좋아해서
③ 어떤 물건이든 닥치는 대로 훔치려고
④ 황금을 모든 백성들과 나누어 가지려고
⑤ 모두 황금으로 만들어 세상에 혼자 남으려고

3 이해 **㉡에 나타난 미다스 왕의 의견과 그렇게 생각한 까닭으로 알맞은 말을 골라 ○표 하세요.**

• 황금만 있으면 (**행복하다 / 행복하지 않다**). 음식을 먹을 수 없어서 (**날씬해지기 / 부질없기**) 때문이다.

4 비판 **미다스 왕에 대한 생각이나 느낌을 알맞게 말한 친구에 ○표 하세요.**

(1) 어리석은 사람이라고 생각해. 황금이 좋다는 것도 모르기 때문이야.

(2) 우유부단한 사람이야. 의견이 금방 바뀌었잖아.

(3) 그래도 다행이야. 자신의 잘못을 깨닫고 변했잖아.

2주

09 글쓴이의 의견을 파악하는 방법 알기

★ 글과 그림을 보고, 둘 중 글쓴이의 의견을 알맞게 말한 친구에 ○표 하세요.

• 제목: 어린이, 스마트폰 과의존의 위험성

• 글을 쓰게 된 문제 상황

요즘 스마트폰에 의존하는 어린이들이 늘고 있습니다.

어린이가 스마트폰에 지나치게 의존하면 위험합니다.

스마트폰에 의존하면 주의가 산만해지고 집중을 하기 힘들어서 학습 능력이 떨어집니다.

어린 나이에 스마트폰을 지나치게 사용하면 마음이 불안해지고 우울증에 빠질 수 있습니다.

또, 스마트폰에 의존하면 가족이나 친구들과 원활하게 소통하기 어려울 수 있습니다.

• 제목: 통학 버스 안전 수칙 지키기

• 글을 쓰게 된 문제 상황

통학 버스 사고가 줄지 않고 있습니다.

통학 버스에서 안전 수칙을 지켜야 합니다. 달리는 버스에 돌발 상황이 발생하면 위험하기 때문입니다.

이를 위해서는 먼저 자리에 앉아서 안전띠를 매야 합니다. 그리고 출발하거나 멈출 때에는 반드시 자리에 앉아야 합니다. 그리고 통학 버스에서 내려서 길을 건널 때에는 좌우를 살핀 뒤 횡단보도에서 건너야 합니다.

주제 탐구

글쓴이의 의견을 파악할 때에는 글의 제목을 살펴보고 문단의 중심 문장을 간추려 봅니다. 그리고 글쓴이가 글을 쓴 상황이나 목적이 무엇인지 파악합니다.

유형 1 글쓴이의 의견이 드러난 제목 붙이기

글쓴이의 의견이 잘 드러나는 제목을 찾습니다.

1 글쓴이의 의견이 드러난 제목으로 알맞은 것에 ○표 하세요.

국어

요즘 날씨가 더워지면서 친구들의 옷차림이 눈에 거슬리는 경우가 있습니다. 어떤 친구들은 너무 달라붙는 옷을 입어서 눈살을 찌푸리게 합니다. 어떤 친구는 어른들의 유행을 따라 하느라 너무 짧거나 질질 끌리는 옷을 입어서 어색해 보입니다. 또, 어떤 친구는 옷을 자주 빨지 않아 냄새가 나서 불쾌감을 줍니다. 그러므로 우리는 옷을 단정하게 입어야겠습니다.

(1) 비싼 옷을 입자 (　　)

(2) 옷을 단정하게 입자 (　　)

(3) 옷을 자주 갈아입자 (　　)

유형 2 중심 문장에서 글쓴이의 의견 파악하기

문단의 중심 문장을 파악하여 글쓴이의 의견을 찾는 문제입니다.

비만 살이 쪄서 몸이 뚱뚱함을 이름.

2 글쓴이의 의견이 담긴 중심 문장으로 알맞은 것은 무엇입니까? (　　)

국어

요즘 들어 어린이 비만이 늘고 있습니다. 이것은 맞벌이 가정이 늘고 생활 수준이 높아지면서 외식이 늘고 즉석식품을 많이 섭취하게 되었기 때문입니다. 지나친 학업량으로 인해 뛰어놀 시간과 공간이 부족한 것도 원인입니다. 또, 집에 있는 시간에도 텔레비전을 보거나 스마트 기기에 집중하느라 운동을 하지 않습니다. 따라서 어린이 비만을 막으려면 잘못된 생활 습관을 바로잡는 일부터 해야 합니다.

① 어린이 비만이 늘고 있습니다.

② 어린이 비만의 원인은 운동을 하지 않는 것입니다.

③ 어린이 비만의 원인은 외식과 즉석식품 때문입니다.

④ 어린이 비만을 막으려면 잘못된 생활 습관을 바로잡는 일부터 해야 합니다.

⑤ 어린이 비만의 원인은 텔레비전을 보거나 스마트 기기에 집중하는 생활 습관 때문입니다.

3 글쓴이가 이 글을 쓴 목적을 잘 파악한 친구에 ○표 하세요.

국어

요즘 친구끼리 욕을 하는 경우가 많습니다. 욕을 사용하는 친구들은 욕을 하면 친근한 느낌이 든다고 합니다. 그러나 욕을 사용하면 좋지 않은 점이 많습니다.

먼저, 욕을 자주 하면 습관이 될 수 있습니다. '세 살 버릇 여든까지 간다'라는 속담처럼 지금부터 당장 고치지 않으면 어른이 되어도 고치기 힘듭니다.

그리고 욕을 하면 그것을 듣는 사람의 기분이 나빠집니다. 그래서 싸움으로 번지기도 하고, 교실 분위기가 험악해지기도 합니다.

말은 그 사람의 인격이라고 했습니다. 우리가 욕을 하면서 자라면 훌륭한 어른으로 성장하기 힘듭니다. 그러므로 우리는 욕을 하지 말아야겠습니다.

유형 3 글쓴이가 글을 쓴 목적 파악하기

글쓴이가 글을 쓴 목적을 파악하는 문제입니다.

험악해지기도 인심, 성질, 태도, 생김새 등이 흉악해지기도.
인격 사람으로서의 품격.

●**글의 종류** 주장하는 글(논설문)

●**글의 특징** 이 글은 물건을 생각 없이 사는 것의 문제점을 여러 가지로 살펴보고 계획을 세워 현명한 소비를 해야 한다고 주장하는 글입니다. 글의 제목과 문단의 중심 문장을 정리하면서 글쓴이가 이 글을 쓴 목적을 짐작하여 봅니다.

●**중심 내용**

㈎ 우리는 사고 싶은 물건이 많지만 사고 싶은 물건을 모두 살 수 없음.
㈏ 계획 없이 물건을 사면 돈이나 시간이 낭비됨.
㈐ 계획 없이 물건을 사면 버리는 물건이 많아짐.
㈑ 계획 없이 물건을 사면 나중에 꼭 필요한 물건을 살 수 없게 됨.
㈒ 물건을 살 때는 계획을 세워 현명한 소비를 해야 함.

●**낱말 풀이**

소비 돈이나 물자, 시간, 노력 등을 들이거나 써서 없앰.
낭비하게 시간이나 재물 등을 헛되이 헤프게 쓰게.
현명한 어질고 슬기로워 사리에 밝은.

지문 ★★☆

낱말 ★★☆

㉠꼭 필요한 소비를 하자

㈎ 우리는 사고 싶은 물건이 많습니다. 친구들과 군것질도 하고 싶고, 새로 나온 스티커도 사고 싶고, 연예인들이 사용하는 물건도 갖고 싶습니다. 그렇다고 사고 싶은 물건을 다 사면 어떻게 될까요?

㈏ 계획 없이 물건을 사면 돈이나 시간을 낭비하게 됩니다. 꼭 필요하지 않은데 즉흥적으로 분위기에 휩쓸려 사 버린 물건은 결국 쓸모없이 자리만 차지하는 물건이 되기 마련입니다. 그 물건을 사기 위해 들인 시간과 노력, 돈까지 모두 낭비하게 되는 것입니다.

㈐ 계획 없이 물건을 사면 버리는 물건이 많아집니다. 쓸모없이 자리만 차지하는 물건들은 결국 버리게 되고, 버린 물건들은 쓰레기가 되어 제대로 쓰이지도 못하고 환경을 오염시키게 될 것입니다.

㈑ 계획 없이 물건을 사면 나중에 꼭 필요한 물건을 살 수 없게 됩니다. 우리가 가진 돈은 정해져 있으므로 꼭 필요한 것을 살 때를 대비해 ㉡절약을 해야 하는 것입니다. 가지고 있는 것을 아껴서 쓰는 것도 절약이지만, 갖고 싶은 여러 물건 중에서 꼭 필요한 물건들만 선택해서 현명한 소비를 하는 것도 절약입니다.

㈒ 아무리 부자라도 모든 물건을 다 가질 수는 없으므로 누구나 정해진 범위 안에서 선택해야 합니다. 무분별한 소비는 나와 우리 가족뿐 아니라 환경에까지 영향을 미치게 됩니다. 그러므로 물건을 살 때는 계획을 세워 현명한 소비를 해야 합니다.

2주 4일 학습 끝!

붙임 딱지 붙여요.

1 ㉠에서 알 수 있는 글쓴이의 의견은 무엇입니까? (　　　)

이해

① 저축을 하자.
② 정리 정돈을 하자.
③ 소비를 하지 말자.
④ 현명한 소비를 하자.
⑤ 미래를 위한 투자를 많이 하자.

2 이 글에서 ㉡과 뜻이 반대되는 말을 찾아 쓰세요.

어휘

• 절약 ⟺ ☐☐

3 이 글에서 글쓴이의 의견을 파악할 때, 다음 표에 문단의 기호를 나누어 쓰세요.

구조

(1) 글쓴이의 의견이 있는 문단	
(2) 글을 쓰게 된 상황이 나타난 문단	
(3) 글쓴이의 의견에 대한 까닭이 드러난 문단	

4 글쓴이가 이 글을 쓴 목적으로 알맞은 것에 ○표 하세요.

추론

(1) 자신의 잘못된 소비를 반성하기 위해서 (　　)
(2) 소비를 하지 말자는 의견을 내세우기 위해서 (　　)
(3) 현명한 소비를 하자는 의견을 내세우기 위해서 (　　)

10

2주

편지에서 마음을 나타내는 표현 알기

★ 편지를 읽고, 빈칸에 마음을 나타내는 표현을 알맞게 쓰세요.

선아에게

선아야? 나 다혜야.

오늘 체육 시간에 피구하다가 내가 던진 공에 맞아서 이마가 다쳤잖아. 정말 (   ).

일부러 그런 것은 아니었는데 우리 팀이 지고 있어서 힘이 더 들어갔나 봐. 혹시 아직도 내게 화가 나 있는 것은 아니지?

내가 앞으로 잘할게. 그리고 우리 더 친하게 지내자.

다혜가

동연에게

동연아, 안녕? 나 종현이야.

어제 내가 축구하다가 다리를 다쳤을 때 부축해 줘서 (   ).

사실 그때 내가 정말 아팠는데 친구들이 놀릴까 봐 아프지 않은 척했거든.

다음번에는 네가 힘들 때는 내가 꼭 도와주고 싶어.

그럼 잘 있어.

종현이가

미안한 마음

소라야!

생일을 (   ).

너랑 만나고 처음 맞는 생일이구나! 우리는 3학년에 올라와서 만났지만 왠지 오래된 친구처럼 편하게 느껴졌어.

너처럼 좋은 친구가 태어난 날이니까 나도 기쁘단다. 우리 지금처럼 친하게 지내자.

기현이가

축하하는 마음

고마운 마음

주제 탐구

편지를 읽을 때에는 어떤 마음이 나타났는지 살펴보고 글쓴이가 편지를 쓴 까닭을 짐작해 봅니다. 편지글에서 마음을 나타내는 표현인 "괜찮아.", "잘했어.", "고마워.", "그때 그렇게 하지 말았어야 했는데…….", "너는 정말 열심히 했어."와 같은 말을 찾으면 글쓴이의 마음을 알 수 있습니다.

유형 1 마음을 나타내는 말 파악하기

글쓴이의 마음을 파악하고, 마음을 나타내는 말을 찾는 문제입니다.

1 소정이의 마음을 나타내는 말이 아닌 것에 ○표 하세요.

국어

영인아, 안녕? 나 소정이야.

오늘 체육 시간에 내가 넘어졌을 때 네가 도와주어서 고마웠어. 그때 나는 아픈 것보다 주변에 친구들이 많아 창피했어. 그런데 네가 내 앞으로 와서 가려 주었잖아. 그때 고맙다는 말을 하지 못해서 미안해.

영인아, 나도 네가 어려운 일을 당했을 때 꼭 돕고 싶어. 그리고 우리 앞으로도 사이좋게 지내자. 안녕.

(1) 안녕. (　　　)　　(2) 미안해. (　　　)

(3) 고마웠어. (　　　)　　(4) 창피했어. (　　　)

유형 2 마음을 나타내는 말 바꾸어 쓰기

마음을 나타내는 말을 비슷한 낱말로 바꾸어 보는 문제입니다.

2 ㉠~㉢과 바꾸어 쓸 수 있는 말을 떠올려 쓰세요.

국어

할머니, 안녕하세요? 저 손자 기진이에요.

할머니, ㉠보고 싶어요. 지난번 추석 때 뵙고 벌써 두 달이 지났어요. 할머니 댁에 가면 "우리 강아지, 왜 이렇게 오랜만에 왔어?" 하시던 것이 생각나서 ㉡마음이 아파요.

그리고 다리가 아프다고 하셔서 ㉢걱정이 돼요. 이제 밭일은 조금만 하시고 건강하게 오래오래 사세요.

그럼 안녕히 계세요. 할머니 사랑해요.

(1) ㉠ ➡ (　　　　　　　　　　　　).

(2) ㉡ ➡ (　　　　　　　　　　　　).

(3) ㉢ ➡ (　　　　　　　　　　　　).

3 성은이가 마음을 담아 편지를 쓴 방법을 알맞게 설명한 친구에 ○표 하세요.

국어

주인공 잎싹에게

안녕? 나는 너를 좋아하는 3학년 표성은이라고 해.

3학년에 올라와서 영화 「마당을 나온 암탉」을 보았어. 나는 네가 혼자 버려졌어도 꿈을 잃지 않고 사는 모습이 멋져 보였어. 너는 힘든 생활을 하면서 어떻게 그렇게 용감하고 멋지게 살 수 있니? 난 조금만 힘들어도 포기하고 싶을 때가 많거든. 그래서 영화를 보는 내내 네가 존경스러웠어.

잎싹아, 양계장의 힘든 생활 속에서도 너는 평등하게 사는 삶을 꿈꿨지? 나도 이다음에 크면 검사가 되고 싶은데 네 이야기를 읽고 꿈이 더 확실해졌어. 나는 억울한 사람이 없는 세상을 만들고 싶거든. 그때까지 우리 열심히 살자.

20○○년 9월 5일

성은이가

(1) 첫인사에 편지를 쓴 사람의 이름을 쓸 필요는 없어.

(2) 전하고 싶은 말에 자신을 자랑하는 말을 자세하게 표현했어.

(3) 끝인사에서 앞으로 어떻게 할지 다짐을 밝히고 있어.

유형 3 편지의 형식에 맞게 마음을 나타내는 말 표현하기

'받을 사람, 첫인사, 전하고 싶은 말, 끝인사, 쓴 날짜, 쓴 사람'의 형식에 알맞게 마음을 잘 표현한 부분을 찾는 문제입니다.

평등하게 권리, 의무, 자격 등이 차별 없이 고르고 한결 같이.

검사 검찰권을 행사하는 사법관. 범죄를 수사하고 공소를 제기하며 재판을 집행함.

 ★ 글쓴이가 전하고 싶은 마음을 생각하며 읽어 보세요.

● **글의 종류** 편지

● **글의 특징** 소설 『키다리 아저씨』의 일부로, 주어진 부분은 주인공이 키다리 아저씨께 보낸 편지 내용입니다.

● **낱말 풀이**
보잘것없는 볼만한 가치가 없을 정도로 하찮은.
기숙사 학교나 회사 등에 딸려 있어 학생이나 사원에게 싼값으로 먹고 자는 것을 제공하는 시설.

존 스미스 씨께

아저씨, 안녕하세요? 어떻게 인사를 드려야 할지 모르겠어요. 보잘것없는 저를 대학에 보내 주셔서 정말 ㉠감사합니다.

저는 이렇게 고맙고 친절한 분을 알게 될 줄은 꿈에도 몰랐어요. 하지만 얼굴도 모르는 분께 편지를 쓰려니까 무척 ㉡어색해요. 게다가 저는 태어나서 지금까지 편지라고는 거의 써 본 적이 없거든요.

리펫 원장님은 아저씨께 예의 바르게 ㉢편지를 쓰라고 하셨어요. 하지만 솔직히 '존 스미스'라는 이름 앞에서 어떻게 예의를 갖춰야 할지 ㉣모르겠어요. 꼭 '막대기님'이나 '빨래판님'에게 편지를 쓰는 기분이에요. 아무튼 저는 아저씨에 대해서 많은 생각을 했어요. 저한테 이렇게 가족처럼 대해 준 사람은 아무도 없었거든요.

그리고 '아저씨는 어떤 분일까?' 하고 떠올려 보았어요. '부자 아저씨', '착한 아저씨', '따뜻한 아저씨'라고 부를까도 생각했지만 ㉤마음에 들지 않았어요. 아저씨는 키가 크고, 부자이고, 여자를 싫어하시는 것 같으니까 '키다리 아저씨'라고 부르면 어떨까요? 사실 처음부터 그렇게 부르고 싶었답니다.

키다리 아저씨! 지금 막 잠자리에 들라는 종이 울렸어요. 학교 규칙을 잘 지키기 위해 편지는 이만 줄일게요. 저는 꿈나라로 떠나겠습니다. 안녕히 주무세요.

퍼거슨 기숙사 125호실에서
제루샤 애벗 올림

진 웹스터, 『키다리 아저씨』

지문 ★☆☆

낱말 ★★☆

붙임 딱지 붙여요.

1 이해

이 편지는 누가, 누구에게 쓴 것인지 쓰세요.

(1) 누가: (   )

(2) 누구에게: (   )

2 추론

이 편지에서 글쓴이가 표현하려는 마음은 무엇입니까? (   )

① 미안한 마음 ② 고마운 마음 ③ 아쉬운 마음

④ 반성하는 마음 ⑤ 후회하는 마음

3 이해

㉠~㉤ 중 마음을 나타내는 말이 아닌 것의 기호를 쓰세요.

(   )

4 구조

이 글에서 편지의 형식 중 빠진 부분은 무엇입니까? (   )

① 받을 사람 ② 첫인사 ③ 전하고 싶은 말

④ 끝인사 ⑤ 쓴 날짜

겹받침의 발음

겹받침은 서로 다른 두 개의 자음으로 이루어진 받침이에요. 이를테면 ㄺ, ㄼ, ㄿ 등이 모두 겹받침이지요. 이러한 겹받침은 경우에 따라 소리가 다르게 나기 때문에 발음하는 규칙을 잘 알아 두어야 해요.

겹받침의 발음

• 겹받침 ㄺ의 발음 규칙

겹받침 'ㄺ'은 자음자 앞에서 [ㄱ]으로 발음해요.

예 밝다[박따], 굵다[국따], 늙다[늑따], 맑지[막찌]

• 겹받침 ㄼ의 발음 규칙

① 겹받침 'ㄼ'은 자음자 앞에서 [ㄹ]로 발음해요.

예 짧다[짤따], 넓다[널따], 얇다[얄따], 떫다[떨따]

② 단, '밟다', '밟고'의 'ㄼ'은 [ㅂ]으로 발음해요.

예 밟다[밥따], 밟고[밥꼬]

1 밑줄 친 낱말을 바르게 읽은 것에 ○표 하세요.

(1) 이 옷감은 무척 얇다. ① [얄따] ② [얍따]

(2) 실수로 친구의 발을 밟고 말았다. ① [발꼬] ② [밥꼬]

(3) 이번에 밭에서 수확한 감자는 알이 참 굵다. ① [굴따] ② [국따]

2 다음 밑줄 친 낱말은 어떻게 소리 나는지 쓰세요.

(1) 비가 개더니 하늘이 참 맑다.

[ ]

(2) 우리 할머니 댁은 마당이 넓다.

[ ]

이번 주 나의 독해력은?	
	이번 주 학습을 모두 끝마쳤나요?
	글에서 중심 문장과 뒷받침 문장을 알 수 있나요?
	글쓴이의 의견을 파악하는 방법을 알 수 있나요?

정답 1. (1) ① ○ (2) ② ○ (3) ② ○ 2. (1) 막따 (2) 널따

PART 2

추론 독해

글에 숨겨진 정보를 짐작해 보고 생략된 내용이나 숨겨진 주제,
글을 쓴 목적을 찾아보며 읽어요.
그리고 글에 드러난 관점이나 글쓴이의 주장과 근거,
표현 방법 등을 비판하며 읽는 방법도 배워요.

contents

3주

11 시에 나타난 감각적 표현 파악하기

★ 다음 설명에 알맞은 '이것'을 떠올려 빈칸에 쓰세요.

 이것에는 잘록한 모양 바닥과 네 개의 줄이 있습니다.

 이것에는 나무 냄새가 납니다.

 이것의 줄을 튕기면 경쾌한 소리가 납니다.

 이것은 먹을 수 없습니다.

 이것의 바닥을 만지면 매끈하고 줄을 만지면 탱탱합니다.

• 이것은 무엇일까요? [ ] [ ] [ ] [ ]

★ 시에서 밑줄 친 감각적 표현과 관련 있는 감각에 모두 ○표 하세요.

반가워서

이준관

우리 집 강아지는
감이 열리면
감나무 둘레를
<u>감감감 돕니다</u>.

달이 뜨면 반가워서
달을 보고
<u>달달달 짖습니다</u>.

반가운 것이 아주 아주 많아서
발발발
바쁩니다.
아침부터
밤까지

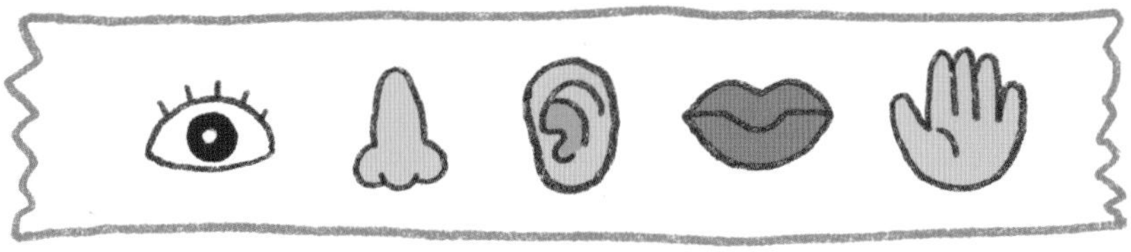

주제 탐구

사물에 대한 느낌을 생생하게 표현한 것을 감각적 표현이라고 합니다. 시에 나타난 감각적 표현은 대상을 직접 보거나 듣는 것처럼 생생하게 느껴지도록 합니다. 시를 읽고 어떤 장면이나 소리가 마음속으로 그려지고 들리는지 느껴 봅니다.

유형 1 감각적 표현 파악하기

사물의 느낌을 생생하게 표현한 감각적 표현 중 소리를 표현한 말을 찾는 문제입니다.

1 국어

㉠~㉣ 중 시에서 비가 오는 소리를 표현한 말의 기호를 쓰세요.

우산 속

문삼석

㉠우산 속은
㉡엄마 품 속 같아요.

㉢빗방울들도
들어오고 싶어

㉣두두두두
야단이지요.

(   )

유형 2 감각적 표현의 효과 파악하기

감각적 표현의 효과를 파악하는 문제입니다.

하이얀 '하얀'이라는 뜻으로, 시에서 허용하는 표현.

2 국어

㉠과 ㉡이 주는 효과는 무엇입니까? (   )

봄 아침 멧새 소리

권오순

꽃바구니에 담아
창가에
걸어 두고 싶다.

수정 쟁반에
㉠또르르르…….
굴려 보고 싶다.

옥항아리에 꽂으면
하이얀 방울 꽃내음
㉡퐁퐁 솟겠다.

① 꽃바구니가 곁에 있는 것처럼 느껴진다.
② 창문을 두드리는 바람 소리가 들리는 것 같다.
③ 구슬이 굴러가는 모습을 보는 것처럼 느껴진다.
④ 아침의 풍경을 사진으로 찍은 것처럼 느껴진다.
⑤ 멧새 소리가 직접 들리는 것처럼 생생하게 느껴진다.

3 이 시의 장면을 알맞게 떠올린 친구에 ○표 하세요.

국어

산 샘물

권태응

바위 틈새 속에서
쉬지 않고 송송송.

맑은 물이 고여선
넘쳐흘러 졸졸졸.

푸고 푸고 다 퍼도
끊임없이 송송송.

푸다 말고 놔두면
다시 고여 졸졸졸.

유형 3 시의 장면 떠올리기

시의 장면을 잘 표현한 것을 찾는 문제입니다.

●**글의 종류** 동시

●**글의 특징** 이 시는 아이와 둘이서 봄 산책(마중)을 하는 모습을 감각적 표현으로 나타낸 시입니다.

●**중심 내용**
1연 4월의 아침 고운 햇살이 내림.
2연 아이 손을 잡고 산책을 나감.
3연 솔숲의 뻐꾸기가 먼저 인사함.
4연 아이와 '나'는 봄을 맞는 것이 즐거워 마주 보고 웃음.

●**낱말 풀이**
마중 오는 사람을 나가서 맞이함.
포슬포슬 덩이진 가루 등이 물기가 적어 엉기지 못하고 바스러지기 쉬운 모양.

봄 마중

오순택

포슬포슬
고운 햇살 내리는
4월 아침

아이 손 잡고
봄 마중 가면

뒷산 솔숲의
뻐꾸기가
㉠뽀꼬뽀꼬
먼저 인사한다.

아이와 나는
마주 보며
㉡민들레처럼
방긋 웃었다.

지문 ★★☆

낱말 ★☆☆

1 **이 시에서 '나'가 한 일이 아닌 것은 무엇입니까? (　　　)**

이해

① 봄에 산책을 했다.
② 아침에 산책을 했다.
③ 아이와 산책을 했다.
④ 아이와 마주 보고 웃었다.
⑤ 아이와 노래를 부르고 있다.

3주 1일 학습 끝!
붙임 딱지 붙여요.

2 **봄 햇살이 내리는 모습을 감각적으로 표현한 낱말은 무엇입니까?**
(　　　)

이해

① 방긋　② 민들레
③ 포슬포슬　④ 뽀꼬뽀꼬
⑤ 봄 마중 가면

3 **이 시에서 ㉠의 효과로 알맞은 것에 ○표 하세요.**

추론

(1) 숲의 신선한 느낌을 실감나게 표현하였다. (　　　)
(2) 뻐꾸기의 울음소리를 생생하게 표현하였다. (　　　)
(3) '나'의 끝없는 상상을 정감 있게 표현하였다. (　　　)
(4) 아이의 웃음소리를 우스꽝스럽게 표현하였다. (　　　)

4 **아이와 '나'가 마주 보며 ㉡처럼 웃은 까닭을 쓰세요.**

추론

이야기에 나타난 감각적 표현 파악하기

★ 이 장면에 나타난 감각적 표현을 살펴보고 떠오른 생각이나 느낌을 알맞게 선으로 이으세요.

연못가에 풀들이 살랑살랑 춤추는 어느 날이었어요.

빠지직빠지직! 파드득파드득!

보송보송 아기 오리들이 하나둘 알을 깨고 태어났어요.

그런데 마지막 알 하나는 꼼짝하지 않았어요.

"이상하다, 막내는 왜 안 나오는 거지?"

엄마 오리는 갸웃갸웃 자꾸 고개를 흔들었어요. 아기 오리들도 콕콕콕 커다란 알을 찍어 보았지요.

연못가에 풀들이 살랑살랑
춤추는 어느 날이었어요.

빠지직빠지직!
파드득파드득!

엄마 오리는 갸웃갸웃 자꾸
고개를 흔들었어요.

아기 오리들도 콕콕콕
커다란 알을 찍어 보았지요.

'빠지직, 파드득' 하며 아기 오리들이 태어나는 모습이 재미있어!

연못가에 풀들이 '살랑살랑' 흔들리는 모습에서 뭔가 일이 벌어질 것 같은 느낌을 줘!

알을 '콕콕콕' 찍는 모습에서 아기 오리들이 막내를 기다리는 마음이 느껴져!

엄마 오리가 '갸웃갸웃' 고개로 흔드는 모습에서 걱정하는 마음을 느낄 수 있어!

주제 탐구

이야기에서 장면의 느낌을 색, 소리, 냄새, 맛, 촉감 등으로 나타낸 감각적 표현은 눈으로 보고, 귀로 듣고, 입으로 맛보고, 코로 냄새를 맡고, 손으로 만지듯이 생생한 느낌을 전달합니다.

유형 1 감각적 표현 찾기

이야기에서 장면의 느낌을 생생하게 표현한 것을 찾는 문제입니다.

광 물체의 표면에 빛이 반사되어 매끈거리고 어른어른 비치는 촉촉한 기운.

1 이 이야기에서 감각적인 표현을 모두 찾아 ○표 하세요.

국어

> 붕붕 부우웅! 부웅붕 붕붕!
>
> 꿀벌 마야가 위아래로 날갯짓을 하고 또 했어요. 오늘은 마야가 태어나서 처음으로 성 밖을 나가는 날이거든요.
>
> "바깥세상은 어떤 곳일까? 이모들이 말한 대로 정말 아름답고 멋진 곳일까?"
>
> 마야는 하늘 높이 훨훨 날 생각을 하니 두근두근 가슴이 뛰었어요. 마야는 날개를 슥슥 비벼 반짝반짝 윤이 나게 광을 냈어요.
>
> 발데마어 본젤스, 『꿀벌 마야의 모험』

(1) 날갯짓을 하고 또 했어요. (   )

(2) 붕붕 부우웅! 부웅붕 붕붕! (   )

(3) 두근두근 가슴이 뛰었어요. (   )

(4) 날개를 반짝반짝 윤이 나게 광을 냈어요. (   )

유형 2 감각적 표현의 효과 파악하기

이야기 속에 나타난 감각적 표현을 살펴보고 감각적 표현의 효과를 파악하는 문제입니다.

2 ㉠~㉤이 주는 효과로 알맞지 않은 것은 무엇입니까? (   )

국어

> 늑대는 ㉠꼬르륵꼬르륵 배가 고팠어요. 그래서 첫째 돼지네 집으로 ㉡살금살금 다가갔어요. 늑대는 침을 ㉢꿀꺽 삼키며 집을 둘러보고 소리쳤어요.
>
> "돼지야! 어서 문을 열어라!"
>
> 첫째 돼지는 ㉣바들바들 떨면서 문을 꽉 잠갔어요. 그러자 늑대는 입김을 ㉤훅 불어서 집을 휙 날려 보냈어요.

① 느낌을 생생하게 한다.

② 이야기를 재미있게 해 준다.

③ 장면을 상상하거나 떠올리기 쉽다.

④ 이야기가 자연스럽고 생동감 있게 느껴진다.

⑤ 이야기의 흐름을 복잡하게 만들어 줄거리를 간추리기 어렵다.

3 이 이야기 속 장면에 대한 생각이나 느낌을 말한 것 중 알맞지 않은 친구에 ○표 하세요.

국어

팥죽 할머니가 호랑이에게 팥죽을 쑤어 주기로 한 날이에요. 호랑이는 신이 나서 팥죽 할머니 집에 어슬렁어슬렁 왔어요.

"어흥, 팥죽도 먹고 할멈도 잡아먹으러 왔다."

"호랑이야, 날씨가 추운데 아궁이에서 몸부터 녹이렴."

팥죽 할머니는 친구들과 약속한 대로 말했어요. 호랑이가 아궁이 앞으로 오자 구워 놨던 알밤이 껍질을 뻥 터뜨리며 호랑이 눈에 콕 박혔어요. 놀란 호랑이가 넘어지면서 얼굴을 꽈당 부딪치자 자라가 호랑이 코를 꽉 깨물었어요.

"어이쿠, 내 코야!"

호랑이가 뒤로 물러서려다가 물찌똥을 밟고 훌러덩 미끄러지자 송곳이 "예끼, 이놈!" 하며 엉덩이를 푹 찔렀어요. 호랑이가 깜짝 놀라서 나가려는데 돌절구가 튕겨져 올라와 호랑이 머리 위로 쿵 하고 떨어졌어요. 돌에 머리를 맞은 호랑이는 "꽥!" 소리를 지르며 나자빠지고 말았어요.

(1) '뻥, 콕, 꽈당' 같은 표현을 써서 이야기가 생생하게 느껴져.

(2) 호랑이가 친구들에게 당하는 모습이 눈앞에 그려졌어.

(3) 할머니와 호랑이가 손잡고 친구들을 혼내 주는 장면이 통쾌했어.

유형 3 감각적 표현이 들어 있는 이야기 감상하기

감각적 표현이 주는 효과와 관련하여 이야기를 읽고 난 생각이나 느낌을 알맞게 말한 것을 찾는 문제입니다.

아궁이 방이나 솥 등에 불을 때기 위하여 만든 구멍.
물찌똥 설사할 때 나오는, 물기가 많은 묽은 똥.
훌러덩 훌렁의 본말. 속의 것이 시원스럽게 드러나도록 완전히 벗어지거나 뒤집히는 모양.

독해력 쑥쑥

★ 감각적 표현을 생각하며 글을 읽어 보세요.

●**글의 종류** 이야기(동화)

●**글의 특징** 이 글은 두 방귀쟁이들이 방귀 시합을 벌이다가 달까지 가게 되었다는 옛이야기 「방귀 시합」입니다. 두 방귀쟁이들이 방귀를 뀌는 모습을 의성어, 의태어 등을 활용하여 감각적으로 표현하였습니다.

●**낱말 풀이**

내로라하는 어떤 분야를 대표할 만한.

비등비등한지 여럿이 서로 엇비슷한지.

지문 ★☆☆

낱말 ★★☆

옛날에 밤나무골 방귀쟁이와 배나무골 방귀쟁이가 있었어요.

"이 몸이 방귀를 뀌면 지붕이 ㉠들썩, 하늘이 쿵쾅거린다네!"

"내 방귀는 땅속 벌레들이 놀라서 ㉡불쑥불쑥 튀어 오를 정도로 힘이 세지!"

두 방귀쟁이는 자기 방귀가 제일 세다며 떠들고 다녔어요.

어느 날 나라에서 방귀 시합이 열려서 전국의 내로라하는 방귀쟁이들이 한자리에 모였어요. 밤나무골 방귀쟁이와 배나무골 방귀쟁이도 참석해서 결승에 올랐지요.

첫 번째 시합은 방귀로 촛불 끄기였어요. 두 사람이 가볍게 번갈아 방귀를 ㉢뿡뿡 뀌었어요. 그러자 촛불이 놀라서 휘리릭 꺼졌어요.

첫 번째 시합에서 승부를 가리지 못하자 두 번째 시합으로 아궁이에 불 지피기를 했어요. 두 방귀쟁이가 방귀를 뀌었어요. 그랬더니 아궁이의 불이 활활 타올라 물이 펄펄 끓었어요. 두 방귀쟁이의 힘이 어찌나 비등비등한지 밤늦도록 똑같이 물이 끓었지요.

"이렇게 무승부로 끝낼 수 없습니다. 승부가 날 때까지 시합을 하게 해 주시오."

두 방귀쟁이의 요청으로 세 번째 시합이 열렸어요. 이번에는 절구통에 방귀를 뀌어서 주거니 받거니 하는 경기였어요.

두 방귀쟁이는 있는 힘껏 방귀를 뿡뿡 뀌어댔어요.

㉣뿡뿡 휘리릭 뱅그르르!

두 방귀쟁이는 방귀를 멈출 줄 몰랐어요. 며칠이 되도록 낮이고 밤이고 방귀를 ㉤점점 세게 뀌었어요. 한 사람이 위로 올라 방귀를 뀌면 한 사람이 따라 올라가 방귀를 뀌었지요. 이 바람에 방귀쟁이와 절구는 달나라까지 갔어요. ㉥그 뒤 두 방귀쟁이를 본 사람은 없었다고 합니다.

1 이 글에서 두 방귀쟁이가 방귀를 멈추지 않은 까닭은 무엇입니까?

추론

( )

① 달에 가기 위해서
② 소화가 잘 되지 않아서
③ 힘 조절이 잘 되지 않아서
④ 상대를 이기려는 욕심 때문에
⑤ 관객에게 잘 보이려는 욕심 때문에

붙임 딱지 붙여요.

2 ㉠~㉤ 중 감각적 표현으로 보기 어려운 것은 무엇입니까? ( )

이해

① ㉠ ② ㉡ ③ ㉢ ④ ㉣ ⑤ ㉤

3 이 글을 읽고 떠오른 생각이나 느낌으로 알맞지 않은 친구에 ○표 하세요.

비판

4 두 방귀쟁이들이 어떻게 되었을지 ㉥ 뒤에 이어질 이야기를 상상하여 쓰세요.

추론

---

13 3주

내용을 간추리는 방법 파악하기

★ 다음 칠판에 적힌 내용을 알림장에 알맞게 간추린 까치의 메달에 색칠하세요.

주제 탐구

글을 읽고 내용을 정리할 때에는 중요한 내용을 간단하게 정리해야 합니다. 이때, 중요한 낱말을 중심으로 정리하거나, 요약한 문장으로 정리하여 표현할 수 있습니다.

유형 1 원인과 결과에 따라 중요한 내용 간추리기

원인과 결과가 드러난 글에서 중요한 내용을 찾는 문제입니다.

1 사회 **이 글의 중요한 내용을 간추릴 때, ㉠~㉢ 중 다음 결과에 대한 원인을 찾아 기호를 쓰세요.**

> ㉠일제 강점기였던 1919년 3월 1일, 우리나라는 전 국민이 독립을 선언하고 만세를 불렀습니다. ㉡삼일절은 우리나라를 침략한 일본의 만행을 세계에 알리고, 조선이 독립국임을 부르짖은 독립 선언 기념일입니다. ㉢정부는 우리 민족의 자주 독립 정신을 기념하기 위하여 이 날을 국경일로 정하였습니다. 그래서 삼일절에는 국기를 게양하고, 정부에서는 각종 행사를 하며 그 뜻을 되새깁니다.

원인	결과
	삼일절에는 국기를 게양하고 정부에서는 각종 행사를 한다.

유형 2 시간이나 공간의 변화에 따라 중요한 내용 간추리기

글에서 공간의 변화를 알려 주는 중요한 내용을 간추리는 문제입니다.

2 국어 **다음 직업 체험관 선생님이 안내해 주신 내용에서 이동할 곳의 순서를 알맞게 정리한 것에 ○표 하세요.**

> 지금부터 어린이 직업 체험관에서 체험을 시작하겠습니다. 어린이 직업 체험관은 크게 생활관과 미래관으로 이루어져 있습니다. 오른쪽 복도를 따라 생활관의 각 상점과 방송국, 공공기관에서 각자 원하는 직업을 선택해서 체험하고 모임의 나무에 모여 미래관으로 이동할 예정입니다. 한 시간 후, 빠짐없이 모임의 나무로 모여 주십시오.

(1) 체험관 ➡ 미래관 ➡ 생활관 (　　)

(2) 생활관 ➡ 미래관 ➡ 모임의 나무 (　　)

(3) 생활관 ➡ 모임의 나무 ➡ 미래관 (　　)

3 이 글을 표로 정리할 때 빈칸에 알맞은 말을 쓰세요.

과학

꽃은 꽃잎의 밑동 부분을 보고 갈래꽃과 통꽃으로 분류합니다. 꽃을 자세히 보면 밑동 부분이 붙어 있는 꽃도 있고, 떨어져 있는 꽃도 있습니다. 벚꽃이나 장미꽃, 복숭아꽃처럼 꽃이 질 때 꽃잎이 한 조각씩 떨어지는 꽃을 갈래꽃, 나팔꽃처럼 꽃잎 전체가 붙어 있어서 꽃이 질 때도 한번에 모든 꽃잎이 떨어지는 꽃을 통꽃이라고 합니다. 통꽃에는 도라지꽃, 철쭉, 호박꽃, 국화꽃, 민들레 등이 있습니다. 개나리처럼 꽃잎의 밑동 부분만 붙어 있는 꽃도 통꽃입니다.

장미

개나리

꽃

(1) (   )　　(2) (   )

벚꽃　장미꽃　복숭아꽃　　나팔꽃　도라지꽃　철쭉

유형 3 글의 구조에 따라 간추리기

글에서 설명한 내용을 간추려 표로 정리할 때, 어떤 기준에 따라 간추렸는지 파악하는 문제입니다.

●**글의 종류** 설명하는 글(설명문)

●**글의 특징** 전기의 뜻과 종류, 전기의 편리한 점과 위험성, 올바른 전기 사용법에 대해 설명하였습니다.

●**중심 내용**
(가) 전기는 우리가 생활하는 데 없어서는 안 될 중요한 에너지임.
(나) 전기는 물질 안에 있는 전자나 이온의 움직임 때문에 생기는 에너지임.
(다) 전기는 다른 에너지에 비해 편리한 점이 많음.
(라) 전기를 주의해서 사용하지 않으면 감전이나 화재가 발생할 수 있음.
(마) 우리가 필요할 때 전기를 사용하려면 전기를 아껴 써야 함.

●**낱말 풀이**
마찰 전기 두 물체가 서로 닿아 비벼서 정전기가 일어나는 현상.
변환시킬 달라져서 변하게 하거나 바꿈.
한정적 수량이나 범위 등을 제한하여 정하는 것.

(가) 전기는 우리가 생활하는 데 없어서는 안 될 중요한 에너지입니다. 우리가 일상 속에서 늘 사용하는 냉장고, 세탁기, 텔레비전, 청소기, 컴퓨터와 같이 가정에서 사용하는 전기 제품이나 공장의 기계, 도로나 골목의 가로등, 간판 등은 모두 전기 에너지를 사용해 작동시킵니다.

(나) 전기는 물질 안에 있는 전자나 이온의 움직임 때문에 생기는 에너지입니다. 건조한 날 털옷을 벗을 때 찌릿찌릿하거나 머리카락이 달라붙을 때 정전기가 일어났다고 합니다. 이때, 이 전기를 문질러서 일으킨다고 해서 마찰 전기라고도 하고, 그 자리에 멈춰 있다고 해서 정전기라고도 합니다. 번개는 구름과 구름, 구름과 땅 사이에서 일어나는 아주 센 정전기 현상입니다. 우리가 발전소에서 만들어서 주로 사용하는 전기는 전선을 따라 물처럼 흐르는 전류입니다.

(다) 전기는 다른 에너지와 비교할 때 여러 가지 편리한 점이 있습니다. 전기선으로 연결된 곳에 플러그만 연결하면 전기가 전달되고, 간단한 방법으로 전기 에너지를 열에너지나 빛 에너지 등으로 변환시킬 수 있습니다. 그리고 다른 형태의 에너지로 변환되는 과정에서 환경에 나쁜 영향을 주지 않는 편입니다.

(라) 그러나 전기를 안전하게 사용하지 않으면 감전이 되거나 화재가 발생할 수 있습니다. 전기는 물에서 더 잘 통하는 성질이 있어 젖은 손으로 가전제품을 만지면 안 됩니다. 또, 전선을 감싸고 있는 겉 부분이 벗겨진 채로 만지면 감전될 수 있으므로 조심해야 합니다.

(마) 전기는 수력 발전소, 화력 발전소, 원자력 발전소, 조력 발전소, 태양광 발전소 등에서 만듭니다. 발전소는 전기 공급을 위해 꼭 필요한 시설이지만, 전기를 만드는 과정에서 환경 오염을 일으키기도 합니다. 그리고 전기를 만드는 데 필요한 자원은 한정적입니다. 그러므로 우리가 필요할 때 전기를 사용하려면 전기를 아껴 써야 합니다.

지문 ★★☆

낱말 ★★☆

1 이 글에서 설명하는 것은 무엇입니까? (　　　)

이해

① 전기　　② 기계　　③ 열에너지
④ 가전제품　　⑤ 빛 에너지

3주 3일 학습 끝!
붙임 딱지 붙여요.

2 ㈎~㈒의 중요한 내용을 잘못 간추린 것은 무엇입니까? (　　　)

이해

① ㈎: 전기는 우리가 생활하는 데 꼭 필요하다.
② ㈏: 전기는 전자의 움직임 때문에 생기는 에너지이다.
③ ㈐: 전기는 다른 에너지와 비교할 때 편리한 점이 많다.
④ ㈑: 전기를 안전하게 사용하지 않으면 위험한 점도 있다.
⑤ ㈒: 전기를 만들 때 환경 오염을 일으키지만, 쓸 수 있는 자원이 많다.

3 보기를 참고하여 ㈒의 중요한 내용을 간추려 쓰세요.

이해

> 보기
> 부모님께 효도해야 한다.
> 왜냐하면 우리를 낳아 주신 분이기 때문이다.

• 우리가 필요할 때 전기를 사용하려면 전기를 아껴 써야 한다.
왜냐하면 ______________________________

____

4 이 글을 읽고 난 생각이나 느낌을 알맞게 말한 친구에 ○표 하세요.

비판

(1) 전기는 다른 에너지에 비해 환경에 나쁜 영향을 줘.

(2) 전기는 편리하지만 위험하니까 안전하게 사용해야지.

(3) 전기를 아껴 쓰면 국가 경제에 도움이 되지 않아.

14 글을 읽고 내용 간추리기

★ 글을 읽고 내용을 간추려 표를 채워 보세요. 그리고 이어 주는 말을 넣어 전체 글을 간추려 보세요.

춤은 흥에 겨워 장단에 맞추어 몸을 놀리는 동작으로 무용이라고 하기도 합니다.

옛날부터 사람들은 농사가 잘되기를 기원하거나 농작물을 많이 거두었을 때의 기쁨을 표현하고, 부족들의 화합이나 안전을 기원하거나 전쟁에서 승리한 기쁨을 표현하기 위해 춤을 추었습니다.

우리나라에서 만들어지고 지금까지 전해지는 춤을 통틀어 한국 무용이라고 하고, 서양의 기법을 바탕으로 한 현대 무용 중에는 발레가 있습니다. 한국 무용에는 궁중 무용, 민속 무용, 가면무용, 의식 무용, 창작 무용 등이 있습니다.

최근에는 도시 젊은이들 사이에서 다양한 형식의 스트리트 댄스가 생겨났습니다. 이 춤에는 펑크, 힙합 문화로부터 유래한 팝핀 댄스, 브레이크 댄스 등이 있습니다.

(1) 춤의 뜻	(2) 춤을 추는 때	(3) 춤의 종류	(4) 최근에 등장한 춤

이어 주는 말 그런데 그리고 그래서

춤은 흥에 겨워 장단에 맞추어 몸을 놀리는 동작입니다. 사람들은 바라는 것이 있을 때나 기쁨을 표현하기 위해 춤을 추었습니다. 춤에는 한국 무용, 현대 무용이 있습니다. (   ) 최근에는 스트리트 댄스가 생겨났습니다.

주제탐구

글을 잘 간추리려면 먼저 각 문단의 중요한 내용을 찾아 정리해야 합니다. 포함하는 낱말을 이용해서 간단하게 정리하고 중요한 내용을 이어서 전체 내용을 하나로 묶습니다. 이때 각 문장을 이을 때에는 이어 주는 말을 사용합니다.

유형 1 문단의 중요한 내용 간추리기

문단의 중요한 내용을 찾는 문제입니다.

육식성 동물성 먹이를 먹는 동물의 성질.
잡식성 동물성 먹이와 식물성 먹이를 가리지 않고 다 먹는 동물의 성질.
추격 뒤쫓아 가며 공격함.

1 이 문단에서 중요한 내용을 알맞게 정리한 것에 ○표 하세요.

과학

개는 다양한 특성을 가지고 있습니다. 개는 원래 육식성이었다가 잡식성으로 변했기 때문에 이빨이 날카롭고 소화 기관은 약한 편입니다. 그리고 청각, 후각이 사람보다 발달하였습니다. 성격은 쾌활하고 사교적이며 호기심이 많은 반면, 공격적이고 추격을 잘하기도 합니다. 또, 상대방을 잠깐 보고도 잘 기억하는 특성이 있습니다.

(1) 개는 잡식성입니다. (　　)
(2) 개는 상대방을 잘 기억합니다. (　　)
(3) 개는 다양한 특성을 가지고 있습니다. (　　)

유형 2 포함하는 낱말을 넣어 간추리기

글을 간추릴 때 여러 낱말이나 문구를 포함하는 낱말을 찾는 문제입니다.

2 이 글을 간추릴 때, ㉠과 ㉡을 포함하는 낱말을 쓰세요.

국어

옛이야기 속 도깨비는 여러 모습으로 나타나서 남다른 재주를 부리는 경우가 많아요. 거인 도깨비, 요정 도깨비 등 인간을 닮은 도깨비가 있고, ㉠불 도깨비, 바다 도깨비, 하늘 도깨비 등 자연과 관련된 도깨비가 있어요. ㉡방아 도깨비, 부지깽이 도깨비, 빗자루 도깨비 등 도구와 관련된 도깨비나 그릇 깨지는 소리, 말발굽 소리 등과 같이 소리만 내는 도깨비도 있어요.

이 도깨비들은 장난을 좋아하거나 미련하기도 하고 정직하거나 춤과 노래를 좋아하는 등 다양한 성격을 가지고 있어요.

(1) ㉠: (　　　　　　　　)와/과 관련된 도깨비
(2) ㉡: (　　　　　　　　)와/과 관련된 도깨비

3 이어 주는 말을 넣어 (가)~(다)의 중요한 내용을 간추려 쓰세요.

사회

(가) 백두산은 우리 민족이 신령스러운 산으로 받들어 온 산입니다. 백두산은 우리나라 최초의 건국 신화인 '단군신화'에서 환웅이 무리 3천 명을 이끌고 나라를 열었다고 전해지는 산입니다.

(나) 백두산은 한반도에서 가장 높고 줄기가 가장 긴 산입니다. 백두산의 높이는 2,744미터로 한반도에서 가장 높습니다. 그리고 백두산의 줄기는 북한과 중국에 걸쳐 있으며, 백두산에서 시작하여 지리산까지 이르는 백두 대간은 한반도의 산줄기를 이룹니다.

(다) 백두산에는 다양한 동식물이 살고 있습니다. 검은담비, 곰, 백두산사슴, 사향노루, 사슴, 산양, 수달, 시베리아호랑이, 표범 등의 동물이 살고 있습니다. 그리고 백두산에는 우리나라뿐 아니라 시베리아, 일본, 유럽의 식물들도 있습니다.

유형 3 **중요한 내용을 이어서 하나로 묶기**

각 문단의 중요한 내용을 정리하여 잇고 이어 주는 말을 넣어 하나로 묶어 봅니다.

신령스러운 보기에 신기하고 영묘한 데가 있는.

●**글의 종류** 설명하는 글(설명문)

●**글의 특징** 이 글은 우리 몸 각 부분의 역할에 대해 설명하고 있습니다.

●**주요 내용**
(가) 우리 몸의 각 부분은 서로 힘을 합쳐 일해서 우리를 살아가게 함.
(나) 뼈는 우리 몸을 지탱하고 내장을 보호함.
(다) 피는 우리 몸에 필요한 산소, 영양분을 전해 주고 몸을 따뜻하게 해 줌.
(라) 근육은 우리가 행동을 하게 해 줌.
(마) 장기는 숨을 쉬고, 소화를 시키며 배설하는 일을 함.
(바) 피부는 외부로부터 우리 몸을 보호함.

●**낱말 풀이**
지탱해 오래 버티거나 참고 견뎌 내.
기관 일정한 모양과 생리 기능을 가지고 있는 생물체의 부분.
배설 동물이 섭취한 영양소로부터 자신의 몸 안에 필요한 물질과 에너지를 얻은 후에 생긴 노폐물을 콩팥이나 땀샘을 통해 밖으로 내보내는 일.
체액 동물의 몸속에 있는 혈관이나 조직의 사이를 채우고 있는 혈액, 림프, 뇌척수액 등을 통틀어 이르는 말.

지문 ★★☆
낱말 ★★☆

(가) 우리 몸은 뼈, 피, 근육, 장기, 피부 등 각 부분으로 이루어져 있어요. 이 부분들이 서로 힘을 합쳐 일해서 우리를 살아가게 해 주지요. 만약에 이 중에 어느 하나라도 제 역할을 하지 못한다면 어떻게 될까요?

(나) 뼈는 우리 몸속 깊숙이 자리해 몸을 지탱해 주고, 내장을 보호하는 역할을 해요. 그리고 우리가 환경에 잘 적응할 수 있도록 관절을 이용해 움직이는 일을 해요. 만약에 뼈가 없어진다면 우리 몸은 무너지고 말 거예요.

(다) 피는 혈관을 통해 옮겨 다니며 우리 몸에 필요한 산소와 영양분을 전해 주고 몸을 따뜻하게 해 줘요. 그리고 우리 몸에 병균이 들어오면 싸우는 역할을 해요. 피가 없다면 심장으로 산소와 영양분이 공급되지 않아 몸이 싸늘하게 식고 말 거예요.

(라) 근육은 우리가 걷고, 뛰고, 잡는 등의 행동을 하게 해 줘요. 숨을 쉬고 심장이 뛰는 것도 근육이 있어야 가능하지요. 만약에 근육이 없다면 가만히 있을 수밖에 없어서 곧 죽게 될 거예요.

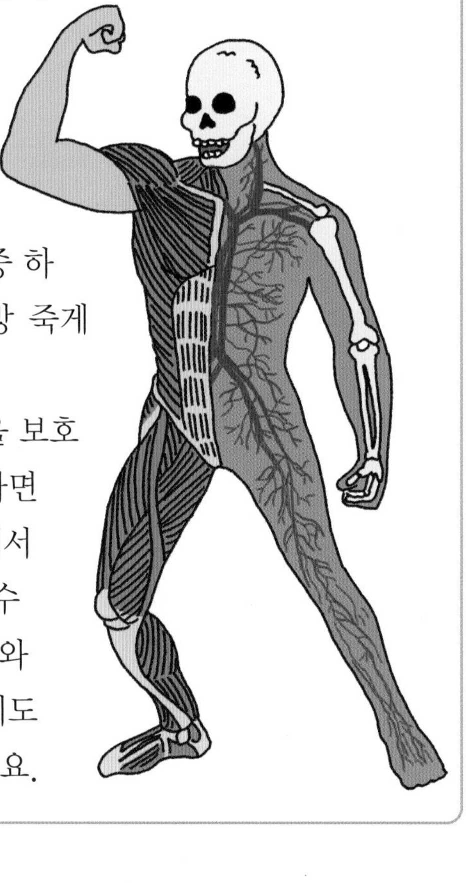

(마) 호흡 기관, 소화 기관, 배설 기관 등의 장기는 숨을 쉬고, 소화를 시키고, 배설을 하는 일을 해요. 이들 장기 중 하나라도 없어지거나 막히면 금방 죽게 될 거예요.

(바) 피부는 외부로부터 우리 몸을 보호하는 역할을 해요, 피부가 없다면 살과 지방층이 노출되어 계속해서 피가 나고 병균이 쉽게 들어올 수 있으며, 체액이 몸에서 빠져나와서 다치게 되고 조그만 자극에도 상처가 나서 살 수 없게 될 거예요.

1 이해

이 글은 무엇에 대해 쓴 글입니까? (　　　)

① 뼈의 역할　　② 피의 역할
③ 근육의 역할　　④ 피부의 역할
⑤ 우리 몸에 있는 각 부분의 역할

붙임 딱지 붙여요.

2 이해

이 글을 간추릴 때 ㈏~㈓의 중요한 내용을 알맞게 파악한 것은 무엇입니까? (　　　)

① ㈏ 뼈: 몸 속 깊숙이 자리해 몸을 지탱해 준다.
② ㈐ 피: 외부로부터 우리 몸을 보호하는 역할을 한다.
③ ㈑ 근육: 산소, 영양분을 전해 주고 몸을 따뜻하게 해 준다.
④ ㈒ 장기: 우리가 걷고, 뛰고, 잡는 등의 행동을 하게 해 준다.
⑤ ㈓ 피부: 숨을 쉬고, 소화를 시키고, 배설을 하는 역할을 한다.

3 추론

이 글을 간추리는 방법으로 알맞지 <u>않은</u> 것의 기호를 쓰세요.

㉮ 각 문단의 중요한 내용을 찾아 정리해야 한다.
㉯ 포함하는 낱말을 이용하여 간단하게 정리해야 한다.
㉰ 간추리는 사람의 간단한 의견을 넣어 정리해야 한다.
㉱ 중요한 내용을 이어서 전체 내용을 하나로 묶어야 한다.

(　　　　)

15 책을 소개하는 방법 파악하기

★ 책을 소개하는 글을 보고, 빈칸에 알맞은 내용을 쓰세요.

며칠 전에 윌리엄 재스퍼슨이 쓴『숲은 어떻게 만들어지는가』를 읽었습니다. 이 책은 독서 모임에서 추천을 받았는데 책이 작고 그림이 자세해서 마음에 들었습니다.

나는 이 책을 통해 빽빽한 나무로 찬 숲이 처음부터 빽빽했는지 동물들은 언제부터 숲에 살게 되었는지 알게 되었습니다.

이 책에는 미국의 매사추세츠주의 숲이 어떻게 만들어졌는지 나와 있습니다. 이백 년 전 이곳은 숲이 아니라 들판이었습니다. 씨앗이 날아와 뿌리를 내리고 싹을 틔우기 시작하면서 작은 풀밭이 생기고 나무가 생기고 커다란 숲이 되었습니다. 이 과정에서 이 숲에 사는 식물들을 먹는 동물들이 모여들고 이 숲이 주는 것으로 살아가는 사람들이 모여 마을을 이루었습니다.

이 책을 읽고, 나는 숲이 이렇게 오랜 시간에 걸쳐 차근차근 만들어졌다는 것이 신기했습니다. 그리고 우리가 숲이 주는 혜택을 당연하게 생각하고 있었다는 것에 대해 반성했습니다. 나는 숲이 주는 혜택을 알고 싶은 친구들에게 이 책을 추천하고 싶습니다.

(1) 책 제목

『 ________________

________________ 』

(2) 책을 고른 까닭

____

____

느낀 점

표지

소개하고 싶은 까닭

나는 이 책을 읽고 숲의 고마움을 새삼 느꼈습니다. 그래서 숲이 주는 고마움을 알고 싶은 친구들에게 이 책을 추천하고 싶습니다.

책의 내용

이 책은 오랜 시간에 걸쳐 숲이 서서히 이루어지는 과정을 보여 주는 책입니다. 숲은 씨앗이 날아와 뿌리를 내리고 싹을 틔우기 시작하면서 시작됩니다. 그리고 작은 풀이 생기고 나무가 생기고 커다란 숲이 되었습니다. 이 과정에서 이 숲에 사는 식물들을 먹는 동물들이 모여들고 이 숲이 주는 것으로 살아가는 사람들이 모여 마을을 이루었습니다.

주제 탐구

다른 사람에게 책을 소개할 때에는 책의 제목을 먼저 밝히고, 이 책을 고른 까닭과 책을 읽고 느낀 점을 소개해야 합니다. 이때, 책 소개를 통해 알려 주고 싶은 정보를 간추려서 소개합니다.

유형 1 소개하고 싶은 까닭 살펴보기

책을 소개하는 글을 읽을 때에는 소개하는 까닭을 살펴야 합니다.

풍속 옛날부터 그 사회에 전해 오는 생활 전반에 걸친 습관 등을 이르는 말.

1 국어 ㉠에 나타난 책을 소개하고 싶은 까닭은 무엇입니까? (　　　)

㉠텔레비전도 컴퓨터도, 휴대 전화도 없던 시절에 옛날 사람들은 무엇을 하며 지냈을까요? 그중에서도 어린이들은 어떤 놀이를 하면서 놀았을까요? 『옛날 사람들은 어떻게 살았을까?』는 옛날 사람들의 생활, 풍속, 놀이를 옛날 그림을 통해 설명하고 있습니다. 이 책을 통해 옛날 사람들이 사용했던 도구, 잔치 모습, 주방 도구, 선비들의 도구, 행사의 모습, 도자기 등을 엿볼 수 있습니다.

① 텔레비전의 역사를 살펴보려고
② 휴대 전화의 역사를 살펴보려고
③ 요즘 어린이들의 놀이를 살펴보려고
④ 옛날 사람들의 생활과 놀이를 살펴보려고
⑤ 선조들이 남긴 문화재와 보물을 살펴보려고

유형 2 알려 주고 싶은 정보 간추리기

책을 효과적으로 소개하려면 책의 내용을 잘 간추려야 합니다.

온전한 잘못된 것이 없이 바르거나 옳은.

2 국어 글쓴이가 『세포 여행』을 통해 알려 주고 싶은 정보가 아닌 것은 무엇입니까? (　　　)

『세포 여행』은 세포란 무엇이며, 인간의 몸속에 어떤 세포가 있고 어떤 역할을 하는지 설명하고 있습니다. 우리 몸의 세포는 정자와 난자라는 세포가 만나서 생겼는데, 이것은 돋보기로는 볼 수 없을 정도로 작은 것이었습니다. 이렇게 작은 세포가 자라서 피부와 뼈, 근육을 만들어 내고 결국 온전한 한 명의 사람을 만들어 냅니다.

① 세포의 뜻　② 세포의 종류
③ 우월한 세포　④ 세포의 크기
⑤ 세포의 변화 과정

3 글을 읽고 빈칸에 들어갈 책의 내용을 간추려 쓰세요.

국어

유형 3 책을 소개하는 내용 간추리기

책의 제목, 소개하고 싶은 까닭, 소개할 내용 등 소개 글에 들어갈 내용을 간추려 기록하는 표를 완성해 봅니다.

얼마 전에 나는 가족과 함께 갯벌에 다녀왔습니다. 그런데 갯벌에서 본 생물들의 이름을 모른다는 것이 안타까웠습니다. 그래서 『갯벌에 뭐가 사나 볼래요』를 찾아 읽게 되었습니다.

이 책에는 변산반도의 갯벌에 사는 생물에 대해 자세히 설명되어 있습니다. 갯벌은 바다에 있는 밭입니다. 물이 나간 뒤에 바다에 가 보면 갯벌에 수많은 조개와 물고기, 새들이 있기 때문입니다. 갯벌에는 우리가 잘 알고 있는 게, 낙지, 개불뿐 아니라 맛조개, 불가사리, 똘장게, 보말고둥, 갯게, 갯강구 등 많은 생물들이 살고 있습니다. 그렇기 때문에 바다에 함부로 쓰레기를 버리면 갯벌이 오염되어 이 생물들의 생명이 위험해집니다. 다음에 갯벌에 가면 더 많은 갯벌 생물들과 만나고 싶습니다.

나는 갯벌에 가고 싶은 친구나 가지 못하더라도 그곳에 사는 생물이 궁금한 친구들에게 이 책을 권하고 싶습니다.

• 책의 제목	『갯벌에 뭐가 사나 볼래요』
• 알려 주고 싶은 정보	갯벌에 사는 생물
• 책의 내용	
• 느낀 점	다음에는 갯벌에 가서 더 많은 갯벌 생물들과 만나고 싶다.
• 책을 소개하는 까닭	갯벌에 가고 싶은 친구나 가지 못하더라도 그곳에 사는 생물이 궁금한 친구들에게 읽게 하고 싶기 때문이다.

●**글의 종류** 독서 감상문

●**글의 특징** 이 글은 글쓴이가 『모네의 정원에서』라는 책을 읽고 책 내용과 감상을 담은 글입니다. 그림을 좋아하는 친구들이 읽었으면 하는 마음을 담아 쓴 글입니다.

●**낱말 풀이**
흔적 어떤 현상이나 실체가 없어졌거나 지나간 뒤에 남은 자국이나 자취.
건초더미 베어서 말린 풀을 많이 쌓아 놓은 큰 덩어리.
색채 물체가 빛을 받을 때 빛의 파장에 따라 그 거죽에 나타나는 특유한 빛.

지문 ★☆☆

낱말 ★★☆

나는 그림 그리기를 좋아합니다. 『모네의 정원에서』는 이런 나를 잘 아시는 엄마가 추천해 주신 책입니다.

이 책은 모네에 대한 책을 보는 것을 좋아하던 주인공이 윗집에 사는 할아버지와 함께 모네의 흔적을 따라다니면서 보고 들은 이야기를 담은 책입니다.

모네는 1840년 파리에서 태어났습니다. 어릴 때부터 화가가 되고 싶었지만 가난해서 뜻을 이루지 못하다가 고모의 도움으로 그림을 그리게 되었습니다.

모네는 카미유와 결혼하여 행복한 나날을 보내다가 카미유가 죽자 절망에 빠진 채로 그림을 그리기 시작했습니다. 모네는 늙고 나서 분홍 집에서 그림을 그리면서 정원을 가꾸었습니다. 이때, 모네는 그곳에서 흔히 볼 수 있는 건초더미, 대성당, 수련 등을 많이 그렸습니다. 그리고 같은 대상이지만 질리지 않고 여러 점을 계속해서 그렸습니다. 그것은 모네가 그림의 대상보다 빛에 따른 색채의 변화를 더 중요하게 생각했기 때문입니다. 모네의 그림에는 항상 카미유에 대한 그리움과 아름다운 자연의 모습이 담겨 있습니다.

이 책을 읽어 보니 제목이 왜 모네의 그림이 아니라 '모네의 정원에서'인지 알 것 같았습니다. 모네의 그림을 좋아하는 주인공이 모네의 정원에서 느낀 감동이 더 그려졌기 때문입니다.

나는 이 책을 그림을 좋아하는 친구들에게 권하고 싶습니다.

모네, 「수련」 모네, 「양산을 든 여인–카마유와 장」

1 이 글에서 소개한 책 제목은 무엇인지 쓰세요.

이해

『(   )』

2 이 글에서 글쓴이가 알려 주고 싶은 내용에 ○표 하세요.

이해

(1) 글쓴이는 카미유를 좋아한다. (   )

(2) 모네는 빛의 변화를 이용하여 그림을 그렸다. (   )

(3) 글쓴이는 정원을 좋아하는 친구에게 이 책을 소개하고 싶어 한다. (   )

3 다음은 이 책의 내용을 간추린 것이에요. 빈칸에 알맞은 낱말을 보기에서 찾아 쓰세요.

이해

보기

빛　　화가　　정원　　카미유

• 가난한 (1) □□ 였던 모네는 (2) □□□ 이/가 죽자 분홍 집에서 그림을 그리면서 (3) □□ 을/를 가꾸었습니다. 모네는 이곳에서 (4) □ 에 따라 달라지는 자연의 모습을 많이 그렸습니다.

4 글쓴이가 이 책을 추천하고 싶은 사람은 누구입니까? (   )

이해

① 나는 그림 따위는 관심이 없어!

② 나는 꽃밭을 가꾸는 것을 좋아해!

③ 나는 그림보다는 노래를 더 좋아해!

④ 나도 주인공처럼 여행하는 것을 좋아해!

⑤ 나도 글쓴이처럼 그림 그리는 것을 좋아해!

3주 5일 학습 끝!

붙임 딱지 붙여요.

몸과 관련 있는 관용 표현

사람은 손으로 많은 일을 하기 때문에 손과 관련 있는 관용 표현은 일을 처리하는 힘과 노력을 의미하는 것이 많아요. 발은 이곳저곳으로 이동할 때 쓰이기 때문에 다른 사람과의 교류나 관계를 나타내는 관용 표현이 많지요. '손이 크다'는 씀씀이가 후하고 크다는 뜻이고, '발이 넓다'는 아는 사람이 많다는 뜻이에요.

몸과 관련 있는 관용 표현

- **발을 끊다** 서로 만나거나, 연락하지 않는다는 뜻이에요. 예 친구와 싸운 이후로 발을 끊었다.
- **손에 익다** 익숙하다는 뜻이에요. 예 계속 연습했던 일이 손에 익었다.
- **손을 놓다** 하던 일을 그만 둔다는 뜻이에요. 예 어서 일해라. 언제까지 손을 놓고 있을 거냐?
- **뼈를 깎다** 견디기 힘들다는 뜻이에요. 예 뼈를 깎는 고통을 참아 냈다.
- **뼈를 묻다** 죽을 힘을 다한다는 뜻이에요. 예 안중근 의사는 우리나라를 위해 독립 운동에 뼈를 묻을 각오를 했다.

1 ㉠, ㉡에 어울리는 관용 표현을 쓰세요.

(1) ㉠:

(2) ㉡:

2 다음 문장에서 둘 중 알맞은 말을 골라 ○표 하세요.

(1) 소년은 (**뼈를 / 손을**) 묻을 각오로 이곳에 왔다.

(2) 아버지는 자식 걱정에 손을 (**놓고 / 익히고**), 먼 하늘만 바라봤다.

이번 주 나의 독해력은?		
	이번 주 학습을 모두 끝마쳤나요?	
	시나 이야기를 읽으며 감각적 표현을 파악할 수 있나요?	
	글을 읽고 중요한 내용을 간추릴 수 있나요?	

정답 1. (1) 뼈를 깎다 (2) 손에 익다 2. (1) 뼈를 (2) 놓고

PART 3

문제해결 독해

글에서 감동적인 부분을 찾아 글쓴이의 마음에 공감하고
글을 읽고 난 감동을 표현하며 읽어요.
또, 여러 글에 나타난 다양한 문제 상황과 해결 방법을
나의 생활에 적용하며 창의적으로 읽는 방법을 배워요.

contents

4주

16 원인과 결과를 생각하며 이야기 꾸미기

★ 이 장면의 원인을 살펴보고 결과에 들어갈 이야기를 상상해서 빈칸에 쓰세요.

원인

흥부가 제비 다리를 치료해 주었습니다.

결과

제비가 흥부에게 박씨를 물어다 주었습니다.

원인

흥부가 박씨를 심었습니다.

결과

주제 탐구

어떤 일이 일어난 까닭을 원인이라고 하고, 그 때문에 일어난 일을 결과라고 합니다. 일의 원인과 결과를 찾을 때에는 그 일이 일어난 까닭을 살펴 그 결과 어떤 일이 일어났는지 생각해 봅니다. 원인과 결과를 찾아 정리할 때에는 '그래서', '때문에', '왜냐하면'과 같은 이어 주는 말을 사용합니다.

유형 1 일의 차례 확인하기

글을 읽고 사건의 원인과 결과를 파악하여 일의 차례를 찾는 문제입니다.

변장 본래의 모습을 알아볼 수 없게 하기 위해서 옷차림이나 얼굴, 머리 모양 등을 다르게 바꿈.

1 이 글에서 일이 일어난 차례에 맞게 숫자를 쓰세요.

국어

백설 공주는 나쁜 왕비에게 쫓겨나서 일곱 난쟁이들과 살았어요. 백설 공주가 살아 있다는 것을 알고 화가 난 왕비는 사과 장수로 변장을 하고 백설 공주를 찾아왔어요. 백설 공주는 사과 장수가 준 독사과를 먹고 그 자리에서 쓰러졌어요. 뒤늦게 이 모습을 발견한 난쟁이들은 어쩔 줄 몰라 했어요.

(1) 백설 공주를 발견한 난쟁이들은 어쩔 줄 몰라 했어요. (　　)
(2) 왕비는 사과 장수로 변장하고 백설 공주를 찾아왔어요. (　　)
(3) 백설 공주는 사과 장수가 준 독사과를 먹고 쓰러졌어요. (　　)
(4) 왕비는 백설 공주가 살아 있다는 것을 알고 화가 났어요. (　　)

유형 2 알맞은 제목 붙이기

이야기에서 일어난 일을 살펴보고 원인과 결과를 잘 나타낸 제목을 찾는 문제입니다.

2 ㉠의 원인이 잘 드러나는 제목은 무엇입니까? (　　)

국어

막내가 네모난 시루떡을 들고 나와 자랑하자 형이 말했어요.
"이 떡으로 보름달을 만들어 줄까?"
하며 떼어 먹으니 달떡이 만들어졌어요.
"이번에는 반달을 만들어 줄까?"
하며 또 베어 먹으니 반달이 만들어졌어요. 막내는 떡이 점점 줄어드는 것도 모르고 즐거워했어요.
"이번에는 초승달을 만들어 줄까?"
하며 남은 떡을 꿀떡 삼키니 ㉠떡이 모두 사라졌어요. 막내는 그제야 으앙 하고 울음을 터뜨렸어요.

① 내 떡이 더 크지.
② 어느 떡이 더 클까?
③ 떡으로 무얼 만들까?
④ 떡 중에 최고는 시루떡
⑤ 자랑하지 말걸 그랬어.

3 ㉠의 결과를 정리한 표를 보고, ㉡의 결과를 상상하여 이야기를 꾸며 보세요.

국어

유형 3 일의 원인을 생각하며 뒷이야기 꾸미기

이미 일어난 일의 원인을 찾아보고, 다음에 일어난 일을 상상해서 뒷이야기를 꾸며 보는 문제입니다.

감투 머리에 쓰던 의관의 하나.

어느 날, 영감이 잠을 자다가 귀신들의 소리를 엿들었어요. 제사에 가야 하는데 영감 때문에 못 가니 영감에게 사람 눈에 안 보이는 능텅 감투를 씌워 가자는 것이었지요.

영감은 귀신이 씌워 준 감투를 쓰고 귀신과 함께 제사 음식을 훔쳐 먹었어요. 그러는 사이에 새벽닭이 울자 귀신들은 돌아가야 했지요. 그래서 영감에게 능텅 감투를 돌려받으려고 했지만, 영감이 능텅 감투를 꽉 잡고 놔주지 않았어요. 귀신들은 할 수 없이 빈손으로 돌아가야 했지요.

뜻밖에 감투를 얻은 영감은 감투를 쓰고 가족들을 놀려 주었어요. 그러다 ㉠아내가 실수로 감투를 태워 버리자 영감은 아까워서 어쩔 줄 몰라 했지요. 영감은 남은 재를 손에 바르고 음식을 또 훔쳐 먹으러 다녔어요. 하지만 ㉡영감이 정신없이 제사 음식을 훔쳐 먹다 보니 손에 바른 재가 점점 지워졌어요.

원인	㉠ 아내가 실수로 감투를 태워 버리자 영감은 아까워서 어쩔 줄 몰라 했지요.
결과	영감은 남은 재를 손에 바르고 음식을 또 훔쳐 먹으러 다녔어요.

↓

원인	㉡ 영감이 정신없이 제사 음식을 훔쳐 먹다 보니 손에 바른 재가 점점 지워졌어요.
결과	

독해력 쑥쑥

★ 일어난 일의 원인과 결과를 생각하며 읽어 보세요.

● **글의 종류** 이야기(동화)

● **글의 특징** 이 글은 당나귀가 꾀를 부리자 화가 난 소금 장수가 당나귀를 골탕 먹이는 내용의 이야기입니다.

● **낱말 풀이**

험한 땅의 모양이나 형세가 발을 디디기 어려울 만큼 사납고 가파른.

드문드문 공간적으로 비좁거나 촘촘하지 않고 사이가 드문 모양.

홀가분한 거추장스럽지 않고 가볍고 편안한.

잔꾀 약고도 얕은 꾀.

지문 ★☆☆

낱말 ★★☆

소금 장수가 당나귀 등에 소금을 잔뜩 싣고 장터로 가고 있었어요. 장터로 가는 길은 굽이굽이 산과 냇물을 건너야 하는 험한 길이었지요. 게다가 냇물 속에 드문드문 놓은 징검다리 돌에는 군데군데 이끼가 끼어 있어서 미끌거렸어요.

그때였어요. 힘이 빠져 지칠 대로 지친 당나귀가 그만 미끄러지면서 냇물 속으로 풍덩 빠졌어요.

소금 장수는 부랴부랴 당나귀를 일으켜 세웠지요. 그러는 사이에 당나귀 등에 있던 소금 가마니에 물이 들어가서 소금이 꽤 많이 녹아 버렸어요. ㉠당나귀의 짐이 훨씬 가벼워진 거예요.

'어? 냇물에 빠지니까 짐이 가벼워지네?'

꾀가 생긴 당나귀는 그 후 냇물을 건널 때마다 일부러 주저앉았어요. 소금 장수는 속이 상했지요. 당나귀가 넘어질 때마다 손해를 보았기 때문이에요.

'당나귀가 넘어지는 것에 재미를 붙였구나! 어디 두고 보자.'

소금 장수는 꾀를 내어 장터에서 돌아오는 길에 솜을 사서 당나귀 등에 실었어요. 냇물에 도착하자 당나귀는 또 넘어졌지요.

'아! 시원하다. 짐이 조금 전보다 많이 가벼워졌겠지?'

당나귀는 홀가분한 기분으로 물속에서 일어났어요. ㉡그런데 웬일인지 짐이 더 무거워졌어요. 일어날 수조차 없었지요.

이때 소금 장수가 냉정하게 말했어요.

"예끼, 이 당나귀야! 잔꾀 그만 부리고 어서 가자."

㉢ [　　　　　　　　　　]

1 이 글에서 일어난 일을 모두 찾아 ○표 하세요.

이해

(1) 당나귀가 냇물에 미끄러져서 빠졌다. (　　　)

(2) 소금 장수가 냇물에 미끄러져서 빠졌다. (　　　)

(3) 소금 장수가 힘이 든 당나귀를 쉬게 했다. (　　　)

(4) 당나귀가 냇물에 빠지자 소금 짐이 가벼워졌다. (　　　)

붙임 딱지 붙여요.

2 ㉠과 ㉡의 공통적인 원인으로 알맞은 무엇입니까? (　　　)

이해

① 당나귀가 냇물에서 넘어졌기 때문이다.

② 소금 장수가 냇물에서 넘어졌기 때문이다.

③ 당나귀가 주인을 골탕 먹이려고 했기 때문이다.

④ 당나귀 등에 실은 짐을 시장에서 다 팔았기 때문이다.

⑤ 소금 장수가 소금을 당나귀 등에 나누어 실었기 때문이다.

3 ㉢에 이어질 내용을 알맞게 상상한 것은 어느 것입니까? (　　　)

추론

① 당나귀는 소금을 더 얹었다.

② 당나귀가 가벼워서 떠내려갔다.

③ 당나귀는 냇물을 헤엄쳐서 건넜다.

④ 당나귀는 다시 한 번 냇물에서 넘어졌다.

⑤ 당나귀는 소금 장수의 채찍질을 받으며 따라가기 바빴다.

4 당나귀가 겪은 일의 원인이 잘 드러나는 제목을 생각해서 쓰세요.

이해

- -

4주

17 시를 읽고 재미와 감동 표현하기

★ 시를 읽고 떠오르는 장면을 찾아 ○표 하세요. 그리고 시의 재미와 감동을 잘 표현한 친구에 ○표 하세요.

잠자리 노래

이준관

잠잠 잠자리 된장잠자리
우리 집 된장 항아리에 앉아라
된장 짭조름 맛이 들게.

잠잠 잠자리 고추잠자리
우리 집 고추밭에 앉아라
고추 빨갛게 익어 가게.

잠잠 잠자리 장수잠자리
짱구머리 내 머리에 앉아라
우리 단짝 친구 하게.

떠오르는 장면

재미와 감동을 잘 표현한 친구

주제 탐구

시에서 재미있는 표현이나 특별히 기억에 남는 부분을 찾아보고 왜 그런 생각이 들었는지 생각해 봅니다. 그리고 시에서 떠오르는 장면을 생각하여 자신의 경험과 비슷한 일을 떠올려 감동을 느껴 봅니다.

유형 1 시에서 떠오르는 장면 상상하기

시를 읽고 어떤 장면이 떠오르는지 생각해 보고 시의 내용과 어울리는 장면을 찾는 문제입니다.

1 국어 **이 시에서 떠오르는 장면을 상상한 것을 골라 ○표 하세요.**

새봄

김종상

햇살이 머무는 양달마다
파아란 새싹이 돋아나네.
남몰래 새봄이 눈을 뜨네.

바람이 스쳐 간 가지마다
귀여운 꽃들이 피어나네.
남몰래 새봄이 활짝 웃네.

(1)

(2)

유형 2 시에서 느낀 재미와 감동을 표현하기

시에서 감각적인 표현의 재미와 감동을 잘 표현한 것을 찾는 문제입니다.

2 국어 **이 시에서 느낀 재미나 감동을 알맞게 표현한 것을 두 가지 고르세요. (　　　　)**

오리

오순택

오리 세 마리가
연못에 글 쓰러 간다.

오리는 글 쓰러 갈 때는
꼭 줄을 서 간다.

오리는
참 착한 학생이다.

① 오리가 학생이라는 것을 알게 되었어!
② 오리가 연못에서 생활한다는 것을 알게 되었어!
③ 오리가 가는 모습을 글 쓰러 간다고 한 것이 재미있어!
④ 오리가 질서를 지키는 모습을 보고 우리 반 생각을 했어!
⑤ 오리가 줄을 서 가는 것을 보고 착한 학생이라고 표현한 것이 재미있어!

3 이 시의 내용과 비슷한 자신의 경험을 말한 친구에 ○표 하세요.

국어

할머니 집에 가면

박두순

할머니
화안한 웃음이
먼저 마중 나옵니다.

가끔
그렁그렁한 눈물도
마중 나옵니다.

강아지 꼬리도
살랑살랑
마중 나옵니다.

유형 3 시를 읽고 자신의 경험을 떠올리기

시의 내용과 비슷한 자신의 경험을 떠올려 보는 문제입니다.

●**글의 종류** 동시

●**글의 특징** 이 시는 바람이 불어 숲속에 있는 빈 병에서 소리가 나는 것을 바람이 빈 병과 놀아 준다고 재미있게 표현하였습니다.

●**중심 내용**
1연 바람이 숲속에 버려진 빈 병을 보았음.
2~3연 바람이 빈 병 속으로 들어갔음.
4연 병은 기분이 좋았음.
5~6연 병이 맑은 소리로 휘파람을 불었음.

지문 ★☆☆
낱말 ★★☆

바람과 빈 병

문삼석

바람이
숲속에 버려진 빈 병을 보았습니다.

㉠"<u>쓸쓸할 거야</u>."

바람은 함께 놀아 주려고
빈 병 속으로 들어갔습니다.

병은
기분이 좋았습니다.

㉡"<u>보오 보오</u>."

맑은 소리로
휘파람을 불었습니다.

1 이해 **이 시를 읽고 떠오르는 장면에 ○표 하세요.**

(1) 병이 깨져서 나뒹구는 모습 (   )
(2) 바람이 없고 햇볕이 쨍쨍한 모습 (   )
(3) 바람이 불어서 낙엽을 날리는 모습 (   )
(4) 바람이 불어서 병에서 소리가 나는 모습 (   )

4주 2일 학습 끝!

붙임 딱지 붙여요.

2 추론 **㉠으로 미루어 보아 바람이 빈 병에게 느낀 마음으로 알맞은 것은 무엇입니까? (   )**

① 화난 마음
② 신나는 마음
③ 가여운 마음
④ 한심한 마음
⑤ 기대하는 마음

3 비판 **이 시에서 느낀 재미와 감동을 잘못 표현한 친구에 ○표 하세요.**

4 문제해결 **㉡은 바람이 병에 들어가서 난 소리를 표현한 거예요. 만약에 빈 병이 말을 했다면 어떤 말이었을지 쓰세요.**

18 이야기를 읽고 재미와 감동 표현하기

★ 이야기를 읽고 느낀 재미와 감동을 알맞게 말한 친구에 ○표 하세요.

톰 소여가 장난을 친 벌로 페인트칠을 할 때였어요. 먹보 친구 벤이 사과를 먹으며 지나갔어요.

"이렇게 화창한 주말에 페인트칠이라니 안 됐다, 톰!"

"무슨 소리? 얼마나 재미있는데……."

"정말 재미있어? 나도 좀 해 보자."

"안 돼! 짐도, 시드도 칠하고 싶어 했지만 이모가 나를 선택하신 거야."

"톰, 제발! 이 사과를 줄 테니 한 번만 칠해 보자."

마크 트웨인, 『톰 소여의 모험』

친구의 마음을 움직인 방법이 엉뚱해!

친구의 사과를 빼앗아 먹다니 화가 나!

페인트칠은 어린이에게 무척 힘든 일이야.

용왕님은 아버지의 눈을 뜨게 하려고 인당수에 빠진 심청의 딱한 이야기를 듣고 말했어요.

"너의 효심이 갸륵하구나! 너를 다시 땅 위로 보내 주마."

심청이 커다란 연꽃을 타고 바다 위로 떠오르자 사람들이 놀라며 말했어요.

"저렇게 큰 연꽃은 처음 봐! 귀한 것이니 임금님께 가져다 드리자."

임금님은 아름다운 심청을 보자마자 왕비로 삼았답니다.

「심청전」

바다에 빠졌던 심청은 분명 죽었을 거야.

용왕이 연꽃에 심청을 태워 보낸 모습이 정말 인상적이야!

사람을 넣을 만큼 큰 연꽃은 없어.

주제 탐구

이야기를 읽고 재미있거나 감동적인 부분을 찾으려면 먼저 이야기에서 인물이 어떤 행동을 하고 어떤 일이 일어났는지 파악합니다. 그리고 어떤 부분에서 재미나 감동을 느꼈는지 찾고 그 까닭을 생각해 봅니다. 또, 인물의 말이나 행동을 통해 인물의 마음을 헤아려 보고, 인물과 비슷한 경험을 떠올려 봅니다.

유형 1 이야기에서 재미있거나 감동적인 부분 찾기

이야기에서 인물의 행동이나 일어난 일을 되돌아보며 재미와 감동을 느낀 부분을 찾는 문제입니다.

1 국어 **이 이야기에서 재미나 감동을 느낀 부분을 알맞게 말한 것에 ○표 하세요.**

임금님은 코끼리의 무게를 재는 사람에게 상을 주겠다고 했어요. 하지만 백성들은 코끼리의 무게를 잴 방법을 찾지 못했지요. 그때 한 아이가 나섰어요.

"저에게 코끼리를 실을 만한 배 한 척을 마련해 주십시오."

임금님이 아이의 말대로 해 주자 아이는 코끼리를 배에 싣고 바다로 나아가 배가 잠긴 무게만큼 표시해 두었어요. 그리고 그만큼의 돌을 넣고, 그 돌의 무게를 나누어 재게 했지요.

"이 돌의 무게가 코끼리의 무게입니다."

(1) 코끼리 무게는 하마의 무게보다 가벼워! ( )

(2) 코끼리의 무게를 재려고 바다에 가다니 어리석어! ( )

(3) 코끼리의 무게를 궁금해한 임금님의 생각이 재미있어! ( )

유형 2 이야기 속 인물의 마음을 헤아리기

이야기 속 인물의 말과 행동을 통해 인물의 마음을 파악하는 문제입니다.

소홀히 대수롭지 않고 예사롭게.

하염없이 어떤 행동이나 마음 상태 등이 자신의 의지와는 상관없이 계속되는 상태로.

2 국어 **견우와 직녀의 마음으로 알맞은 것은 무엇입니까? ( )**

견우와 직녀는 서로 사랑에 빠져서 할 일을 소홀히 했어요. 그러자 화가 난 하느님은 두 사람을 떨어져 살게 하고 일 년에 하루만 은하수를 사이에 두고 만날 수 있게 했어요. 견우와 직녀는 칠월 칠석날 까치들이 놓아준 다리를 건너 만났어요.

"견우님, 보고 싶었어요! 흑흑."

"직녀님, 나도 날마다 그리워했답니다! 흑흑."

견우와 직녀는 하염없이 눈물을 흘렸어요.

① 괘씸한 마음 ② 무서운 마음 ③ 그리운 마음

④ 두려운 마음 ⑤ 부러운 마음

3 욕심쟁이 영감과 비슷한 경험을 말한 친구에 ○표 하세요.

국어

유형 3 이야기 속 인물과 비슷한 경험 파악하기

인물이 한 경험과 비슷한 경험을 떠올립니다.

어느 마을에 착한 농부가 노인에게 따뜻한 저녁상과 잠자리를 내어 주고 빨간 부채와 파란 부채를 받았어요. 빨간 부채로 부치면 뭐든지 커지고 파란 부채로 부치면 뭐든지 작아지는 요술 부채였지요. 그래서 착한 영감은 이 부채로 살림을 키워서 큰 부자가 되었어요.

이 소식을 들은 욕심쟁이 영감은 착한 농부에게 그 부채를 빼앗듯 가져왔어요.

"이 부채만 있으면 이제 나도 엄청난 부자가 되겠지?"

욕심쟁이 영감은 누워서 빨간 부채를 살살 부쳐 보았어요. 그랬더니 코가 점점 길어졌어요. 그러다가 코가 하늘을 뚫고 옥황상제가 사는 대궐 기둥에 휘리릭 묶여 버린 거예요.

"어, 큰일이네. 얼른 작아지게 해야지!"

욕심쟁이 영감은 파란 부채를 쉴 새 없이 부쳤어요. 그런데 욕심쟁이 영감의 몸이 둥둥 떠오르는 게 아니겠어요? 욕심쟁이 영감은 하늘 위까지 올라가더니 기둥에 묶였던 코가 풀려서 땅으로 떨어졌답니다.

(1) 올해 저금을 많이 하려고 했는데 작년보다 적게 모았어.

(2) 키가 크려고 잠도 많이 자고 줄넘기도 했는데 많이 자라지 않았어!

(3) 피자를 먹다가 동생 것까지 빼앗아 먹고 배탈이 났어.

●**글의 종류** 이야기(동화)

●**글의 특징** 이 글은 아내의 말처럼 달같이 생긴 빗을 찾다가 거울을 사 오고 만 선비가 아내와 어머니에게 혼이 났다는 재미있는 옛이야기입니다.

●**낱말 풀이**
으쓱대며 어깨가 자꾸 들먹이며.
망측해라 정상적인 상태에서 어그러져 어이가 없거나 차마 보기가 어려워라.
영문 일이 돌아가는 형편이나 그 까닭.

지문 ★☆☆

낱말 ★★☆

어느 시골 마을에 남의 말을 귀담아듣지 않는 선비가 한양에 가게 되었어요.

"서방님, 한양의 시장에는 없는 것이 없답니다. 한양에 가시거든 빗을 좀 사다 주세요."

"그 빗이라는 것이 어떻게 생겼단 말이오?"

아내가 하늘을 올려다보니 반달이 떠 있었어요.

"저 달처럼 둥글고 납작하게 생기고, 여자들이 쓰는 물건이랍니다."

선비는 아내의 말을 귀담아듣지 않고 달만 기억하면서 한양에 갔어요. 선비는 상점의 주인에게 달을 가리키며 말했어요.

"뭘 사 오라고 했지? 맞다. 주인 양반, 저 달처럼 생기고, 여자들이 쓰는 물건을 주시오."

상점 주인은 둥근 달을 보고는 동그란 손거울을 주었어요. 선비가 한양에 오는 사이에 반달이 보름달이 된 것이었지요.

선비는 그것도 모르고 거울을 챙겨서 시골로 돌아왔어요.

"부인, 여기 당신이 사 오라던 달처럼 생긴 물건을 사 왔소."

선비가 으쓱대며 거울을 주자 아내는 도리어 화를 냈어요.

㉠<u>"아니, 여기 웬 여자를 넣어 온 거예요? 어째서 다른 여자를 한양에서 데리고 왔어요?"</u>

거울을 처음 본 선비의 아내가 거울에 비친 자신의 모습을 보고 다른 여자로 착각한 거예요. 이 소리를 듣고 어머니가 달려와서 거울을 보았어요.

"아니, 망측해라! 이 속에 웬 늙은 여자가 들어 있네."

거울을 처음 본 어머니와 아내는 선비에게 몹시 화를 냈어요. 선비는 영문을 몰라 쩔쩔 맸답니다.

1 이 글에서 인물이 한 일에 모두 ○표 하세요.

이해

(1) 선비는 한양에서 빗을 샀다. ( )

(2) 선비의 아내는 반달같이 생긴 물건을 사 달라고 했다. ( )

(3) 선비가 달을 가리키자 상점 주인이 동그란 빗을 줬다. ( )

(4) 어머니와 아내는 각자 거울을 보고는 선비에게 화를 냈다. ( )

4주 3일 학습 끝!

붙임 딱지 붙여요.

2 선비가 거울을 사 오게 된 까닭은 무엇입니까? ( )

이해

① 빗 가게가 없어서

② 거울 가게가 많아서

④ 거울 장수의 꾐에 넘어가서

④ 달의 모양이 변한 것을 몰라서

⑤ 아내가 빗보다 거울을 더 좋아해서

3 이 글을 읽고 재미있는 부분을 알맞게 말한 친구에 ○표 하세요.

문제해결

(1) 날이 갈수록 달이 차오르는 것을 모르다니, 상점 주인은 가난할 거야.

(2) 달처럼 생긴 물건에 대해 조사해 봐야겠어.

(3) 거울에 비친 자신의 모습을 보고 착각을 한 아내를 보니 웃음이 나와!

4 아내가 ㉠과 같이 말한 까닭을 생각하며 보기 처럼 고쳐 쓰세요.

추론

보기

낫 놓고 기역자도 모른다. ➡ 반달 보고 빗도 모른다.

• 낫 놓고 기역자도 모른다. ➡

4주

19 낱말의 뜻 짐작하며 글 읽기

★ 둘 중 낱말의 뜻을 알맞게 짐작한 것에 ○표 하세요.

〈글램핑장 이용 안내문〉

깨끗하고 안전한 글램핑장 이용을 위해 고객님께 다음과 같은 당부의 말씀을 드립니다.

1. **조리 기구**는 설거지를 한 후 제자리에 놓아 주세요. 음식을 요리하는 도구이기 때문에 다음 사람을 위해서 좀 더 배려하는 마음을 가져 주시기 바랍니다.
2. 전자 제품은 사용한 후 코드를 **분리**해 주시기 바랍니다. 콘센트와 코드를 서로 나누어 떨어뜨려 놓지 않으면 자칫 화재가 발생할 수 있으니 각별히 주의해 주시기를 부탁드립니다.
3. 사용하신 **침구**는 반드시 정리 정돈해 주시기 바랍니다. 이불과 베개 등이 눅눅해지거나 오염될 수 있습니다.
4. 돌아가실 때에는 쓰레기를 **규격** 봉투에 넣어 쓰레기장에 놓아 주시기 바랍니다. 들어오실 때 나누어 드린 ○○시에서 표준으로 지정한 봉투에 담아 주시기 바랍니다.

주제 탐구

글을 읽을 때에 모르는 낱말이 나오면 앞뒤 문장을 살펴서 그 뜻을 짐작해야 합니다. 그리고 짐작한 뜻과 뜻이 비슷한 낱말을 넣어 보거나 낱말이 사용된 예를 떠올려 봅니다.

분리는 서로 나누어 떨어뜨린다는 뜻이구나!
분리는 화재가 발생한다는 말이야!
조리 기구는 설거지할 때 쓰는 수세미를 말하는 거구나!
조리 기구는 음식을 요리하는 도구를 말하는 거겠네!
규격은 쓰레기장에 놓는 것을 말하는 거야!
규격은 표준으로 지정한다는 뜻이구나!

유형 1 앞뒤 문장에서 낱말의 뜻 짐작하기

글에서 모르는 낱말이 있을 때 앞뒤 문장이나 낱말을 통해 그 뜻을 짐작해 보는 문제입니다.

문화 환경 풍요로운 삶을 위하여 사회 구성원들이 공통적으로 습득하고 전달하는 행동 양식을 형성하는 환경.
생활 양식 인간의 생활에 일정하게 규정되어 있는 양식.

1 ㉠의 뜻을 알맞게 짐작한 친구에 ○표 하세요.

사회

한국에서 자란 사람과 미국에서 자란 사람은 생각하는 방식과 행동하는 방식, 그리고 중요하게 생각하는 것이 서로 다릅니다. 그 이유는 서로 다른 문화 환경에서 자랐기 때문입니다. 따라서, ㉠문화를 이해하려면 한 사회를 구성하는 사람들의 생활 양식을 이해해야 합니다.

유형 2 짐작한 뜻과 비슷한 낱말 찾기

모르는 낱말의 뜻을 앞뒤 문장을 살펴 짐작하고, 그것과 뜻이 비슷한 낱말을 찾아보는 문제입니다.

공공시설 국가나 공공 단체가 공공의 편의나 복지를 위하여 설치한 시설.

2 ㉠과 뜻이 비슷한 낱말은 무엇입니까? (   )

사회

㉠몸가짐은 사람을 보는 거울이라고 합니다. 몸가짐을 보면 그 사람이 어떤 사람인지 알 수 있습니다. 우리는 때와 장소에 따라 지켜야 할 행동이 무엇인지 알아야 합니다. 그리고 생활 속에서 꾸준히 실천해야 합니다. 예를 들어 우리가 어른을 만났을 때에는 고개를 숙여서 인사를 하고, 공공시설을 이용할 때에는 질서를 지켜야 하는 것 등입니다.

① 신체 ② 욕심 ③ 태도 ④ 고개 ⑤ 인사

3 음악 ㉠의 뜻을 짐작하며 국어사전을 통해 정확한 뜻을 파악하는 과정이에요. 둘 중 알맞은 것에 ○표 하세요.

유형 3 **짐작한 뜻을 국어사전에서 찾는 과정 알기**
낱말의 기본형을 파악하고 국어사전에서 정확한 뜻을 파악하는 과정을 알아보는 문제입니다.

관악기 입으로 불어서 관 안의 공기를 진동시켜 소리를 내는 악기.
이겨서 가루나 흙 등에 물을 부어 반죽해서.

오카리나는 요즘 어린이들이 많이 연주하는 악기입니다. 오카리나는 흙을 ㉠빚어 가마에서 구워 낸, 도자기로 만든 관악기입니다. 대부분의 관악기가 나무나 금속으로 만드는 데 비해 오카리나는 물과 흙을 이겨서 형태를 만들기 때문에 소리가 자연스러운 것이 특징입니다.

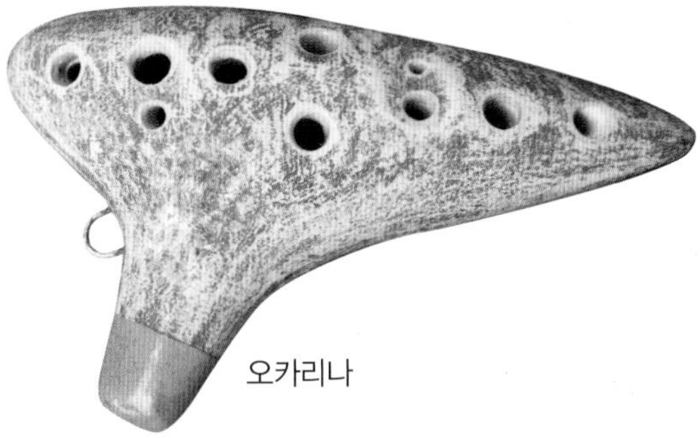
오카리나

(1) 앞뒤 문장을 통해 짐작하기	① '흙을 이겨서 형태를 만들다.'라는 뜻일 거야!	
	② '가마에서 구워 내다.'라는 뜻일거야!	
(2) 비슷한 낱말 찾기	① 잘라	
	② 반죽해서	
(3) 기본형	① 빚다	
	② 빗다	
(4) 사전에 있는 뜻	① 머리털을 빗 등으로 가지런히 고르다.	
	② 흙 등의 재료를 이겨서 어떤 형태를 만들다.	

●**글의 종류** 설명하는 글(설명문)

●**글의 특징** 동굴의 뜻, 발생 배경과 원리, 특징, 동굴에 사는 생물 등에 대해 설명하고 있습니다.

●**중심 내용**
1문단 동굴은 자연적으로 생긴 깊고 넓은 큰 굴임.
2문단 동굴은 물에 섞인 산성 성분이 돌을 녹여서 생김.
3문단 석회암 동굴은 석회암이 있는 곳에서 발견됨.
4문단 석회암 동굴 안에는 종유석, 석순, 석주가 있음.
5문단 동굴에만 사는 동물 중에는 박쥐가 대표적임.

●**낱말 풀이**
용암 화산의 분화구에서 분출된 마그마. 또는 그것이 냉각·응고된 암석.
석회암 탄산 칼슘을 주성분으로 하는 퇴적암. 수중 동물의 뼈나 껍질이 쌓여 생기며, 섞여 있는 광물의 종류에 따라 여러 가지 색깔을 띰.
유연한 부드럽고 연한.

지문 ★★☆
낱말 ★★☆

동굴은 땅속에 생긴 깊고 넓은 큰 굴로 어느 정도 크기가 있는 열린 공간을 말합니다. 동굴은 일반적으로 15~18도를 항상 유지하기 때문에 여름에는 시원하고 겨울엔 따뜻합니다. 종종 지하 깊숙한 곳에서 수천 년 동안 잘 보존된 유물이 나오기도 합니다.

동굴은 오랜 시간에 걸쳐 물에 섞인 산성 성분이 돌을 녹여서 생긴 것입니다. 이로 인해 커다란 돌이 내려앉거나 화산 폭발로 용암이 흘러내릴 때 만들어진 것이 대부분입니다. 그렇기 때문에 동굴 안의 모습은 변화가 많습니다. 돌의 모양에 따라 평평하거나 경사지거나 수직으로 내려가기도 합니다.

석회암 동굴은 석회암이 있는 곳에서 발견됩니다. 우리나라에는 강원도 남부와 충청북도 북동부에서 석회암 동굴이 많이 발견되었습니다. 이곳들은 예전에는 바다였는데, 석회암이 빗물이나 지하수에 의해 오랫동안 녹으면서 만들어졌습니다.

석회암 동굴 안에는 ㉠종유석, 석순, 석주 등이 있습니다. 동굴 천장에 고드름처럼 매달려 있는 것은 종유석, 동굴 바닥에 쌓여 있는 것은 석순, 종유석과 석순이 만나 기둥을 이룬 것이 석주입니다.

또, 동굴에는 그곳에만 사는 동물들이 있습니다. 그중에 가장 대표적인 것이 박쥐입니다. 박쥐는 동굴에서 새처럼 날아다닐 수 있는 유연한 몸 구조를 가지고 있습니다. 대부분의 박쥐는 ㉡야행성이라서 낮에는 햇빛을 피해서 동굴에서 자다가 밤에 활동합니다.

석회암 동굴

박쥐

1 이 글은 무엇에 대해 설명한 글입니까? (   )

이해

① 동굴　　② 용암　　③ 석회암

④ 화산　　⑤ 지하수

4주 4일 학습 끝!

붙임 딱지 붙여요.

2 ㉠의 뜻을 알맞게 짐작하지 <u>못한</u> 친구에 ○표 하세요.

추론

3 ㉡의 뜻을 짐작할 수 있는 문장이에요. 이를 참고하여 사전에서 ㉡의 정확한 뜻을 찾은 것은 무엇입니까? (   )

추론

> 낮에는 햇빛을 피해서 동굴에서 자다가 밤에 활동합니다.

① 밤에 길을 감.　　② 밤낮으로 활동함.

③ 밤에도 영업을 하는 전략.　　④ 박쥐, 이리, 부엉이 등의 동물.

⑤ 낮에는 쉬고 밤에 활동하는 동물의 습성.

4 ㉡의 뜻을 활용하여 짧은 문장을 완성하여 쓰세요.

문제해결

---

20 생략된 내용 짐작하며 글 읽기

★ 장영실이 밤잠을 자지 않고 연구를 했던 까닭을 짐작하여 빈칸에 쓰세요.

(1) 세종 대왕은 해마다 백성들이 비 때문에 피해를 입어 농사를 망치는 것을 안타까워했어요.

(2) 세종 대왕은 장영실에게 비의 양을 잴 수 있는 방법을 마련해 달라고 부탁했어요.

(3) 그때부터 장영실은 밤잠을 자지 않고 연구에 몰두했어요. 하지만 그 방법을 쉽게 찾지 못했지요.

(4) 그러던 어느 날, 처마에서 소낙비가 떨어져서 물웅덩이를 만드는 것을 보게 되었어요.

(5) "그래, 비가 떨어지는 만큼 눈금으로 재는 거야!"

(6) 장영실은 이렇게 서양의 측우기보다 약 200년이나 앞선 측우기를 만들었어요.

1단계 까닭의 단서가 되는 글의 번호를 모두 쓰세요.

( )

2단계 장영실이 밤낮없이 연구한 까닭을 짐작하여 쓰세요.

★ **닥터 피시를 흔히 볼 수 없는 까닭을 짐작하여 빈칸에 쓰세요.**

(1) 박물관이나 물놀이장에 가면 가끔 닥터 피시라는 물고기를 볼 수 있습니다. (2) 닥터 피시는 사람의 각질을 먹는다고 해서 붙여진 이름입니다. (3) 닥터 피시는 서아시아 하천이나 온천 지역에 사는 보기 드문 물고기입니다. (4) 닥터 피시는 은색의 비늘에 작고 검은 점이 흩어져 있으며 빨판 형태의 입을 가지고 있습니다. (5) 사람의 각질을 쪼아 먹는 행동을 이용한 체험은 3~6개월 된 닥터 피시로만 할 수 있습니다. (6) 큰 물고기가 되면 이와 같은 행동을 별로 하지 않습니다.

1단계 까닭의 단서가 되는 글의 번호를 모두 쓰세요.

( )

2단계 닥터 피시를 흔히 볼 수 없는 까닭을 짐작하여 쓰세요.

주제 탐구

글을 읽으며 생략된 내용을 짐작할 때에는 글에서 단서를 찾아야 합니다. 그리고 글의 내용과 관련 있는 자신의 경험을 떠올립니다. 이때, 앞뒤의 내용으로 미루어 생략된 내용을 짐작합니다.

유형 1 글에서 사용한 낱말의 뜻 짐작하기

글에서 사용한 낱말의 앞뒤 내용을 통해 세부 내용을 짐작하는 문제입니다.

1 국어

글을 읽고 ㉠의 뜻을 알맞게 짐작한 것은 무엇입니까? (　　　)

㉠'가화만사성'이란 말이 있습니다. 가정이 화목하면 모든 일이 잘 이루어진다는 뜻입니다. 내가 힘들거나 아플 때에는 사랑으로 위로해 주고, 기쁠 때에는 누구보다 먼저 축하해 주는 사람들이 가족입니다. 그런데 우리는 항상 곁에 있기 때문에 가족 간에 지켜야 할 예절을 지키지 않고 함부로 행동하기도 합니다. 그러므로 우리는 소중한 가족의 한 사람으로서 가정의 화목을 위해 책임감을 가지고 행동해야 합니다.

① 가정이 화목하면 일이 생긴다.
② 가정이 화목하면 돈이 생긴다.
③ 가정이 화목해도 싸움이 생긴다.
④ 가정이 화목하기만 할 수는 없다.
⑤ 가정이 화목하면 모든 일이 잘 이루어진다.

유형 2 세부 정보 확인하기

설명하는 글을 읽고 글의 세부 내용을 확인하는 문제입니다.

2 과학

이 글에서 동물의 부리가 하는 일이 아닌 것을 찾아 ○표 하세요.

이가 없는 동물들 중에 부리로 먹이를 먹는 동물들이 있습니다. 독수리는 튼튼하고 끝이 갈고리처럼 구부러진 부리로 먹이를 찢어 먹습니다. 딱따구리는 날카롭고 곧은 부리로 나무에 숨어 있는 곤충을 잡아먹습니다. 또, 왜가리는 가느다랗고 긴 부리로 물에 머리를 담그지 않고도 먹이를 잡아먹을 수 있습니다.

(1) 먹이를 찢어 먹는다. (　　)
(2) 숨어 있는 곤충을 잡아먹는다. (　　)
(3) 구부러진 곳에 있는 먹이를 먹는다. (　　)
(4) 머리를 물에 담그지 않고 먹이를 잡아먹는다. (　　)

3 이 글에서 밑줄 친 단서를 읽고, 요즘 한복을 많이 입지 않는 까닭을 알맞게 짐작한 친구에 ○표 하세요.

사회

유형 3 글에서 생략된 내용 짐작하기

어떤 일의 까닭을 짐작할 만한 단서를 찾고 경험으로 미루어 짐작하는 문제입니다.

우리 조상들은 한복을 입었습니다. 옛날에는 남자와 여자가 입는 옷이 달랐습니다. 그리고 양반과 상민이 입는 옷도 달랐습니다. 날씨와 계절에 따라 무더운 여름철에는 모시옷이나 삼베옷을 입었고, 추운 겨울철에는 비단옷이나 무명옷을 입었습니다.

서양 옷이 들어오면서 사람들은 한복 대신 서양 옷을 입기 시작하였습니다. <u>오늘날 사람들은 활동하기 편하고 어디서나 쉽게 살 수 있는 양복, 셔츠, 블라우스, 스커트, 청바지 등을 즐겨 입습니다</u>. 또한 한복을 입기 편하게 만들어서 입기도 합니다.

●**글의 종류** 전기문

●**글의 특징** 퇴계 이황 선생과 제자의 대화를 통해 바른 독서 습관에 대해 생각할 수 있는 글입니다.

●**낱말 풀이**

성리학 중국 송나라, 명나라 때에 주희가 집대성한 유학의 한 파. 우리나라에서는 고려 말기에 들어와 조선의 통치 이념이 되었고, 길재, 정도전, 권근, 김종직에 이어 이이, 이황에 이르러 조선 성리학으로 체계화됨.

배지 버릇처럼 익숙해지지.

퇴계 이황 선생은 조선 시대 성리학의 기초를 다지신 분입니다. 이황 선생은 어릴 때부터 책 읽기를 무척 좋아했습니다. 그리고 책을 읽을 때면 바른 자세로 온갖 정성을 기울였습니다. 게다가 어떤 책이든 한번 읽기 시작하면 열 번이고 스무 번이고 되풀이하여 읽었습니다. 그리고 그 속에 담겨 있는 뜻을 완전히 알기 전에는 결코 그 책을 놓지 않았습니다.

하루는 제자가 이황에게 물었습니다.

"선생님, 글을 바르게 읽는 방법은 무엇입니까?"

이황 선생은 빙긋이 미소를 지으며 말했습니다.

"글이란 정신을 차려서 수없이 되풀이해서 읽어야 하는 것입니다. 한두 번 읽어 보고 뜻을 대충 알았다고 해서 그 책을 덮어 버리면 안 됩니다. 그것이 자기 몸에 충분히 배지 못하면 마음속에 간직할 수 없습니다. 이미 알고 난 뒤에도 그것을 자기 몸에 배도록 공부를 더 해야만 비로소 마음속에 깊이 간직할 수 있습니다. 그래야만 공부의 참된 뜻을 경험하여 ㉠마음에 흐뭇한 맛을 느끼게 되는 것입니다."

"선생님, 그렇다면 글을 읽는 목적은 무엇일까요?"

"훌륭한 사람들의 말씀과 행동을 본받아서 그것을 자기 것으로 만드는 데 있습니다. 그러므로 서둘러 읽어서 그냥 넘겨 버리면 그 책을 읽기는 했어도 별다른 도움은 얻을 수 없습니다."

제자는 스승의 높은 뜻에 저절로 고개를 숙였습니다.

지문 ★☆☆

낱말 ★★☆

1 이황의 독서 습관과 관련이 적은 것은 무엇입니까? (　　　)

이해

① 여러 권 읽는다.　　② 되풀이해서 읽는다.
③ 바른 자세로 읽는다.　　④ 뜻을 새기며 읽는다.
⑤ 온갖 정성으로 읽는다.

붙임 딱지 붙여요.

2 이 글에서 글을 한두 번만 읽으면 안 되는 까닭의 단서로 알맞은 것을 모두 찾아 ○표 하세요.

이해

(1) 몸에 배지 않아서 (　　　)
(2) 마음속에 새길 수 없어서 (　　　)
(3) 참된 뜻을 경험할 수 없어서 (　　　)
(4) 여러 사람들의 말씀을 훑어 보려고 (　　　)

3 다음 중 글을 대충 읽은 경험을 말한 친구에 ○표 하세요.

문제해결

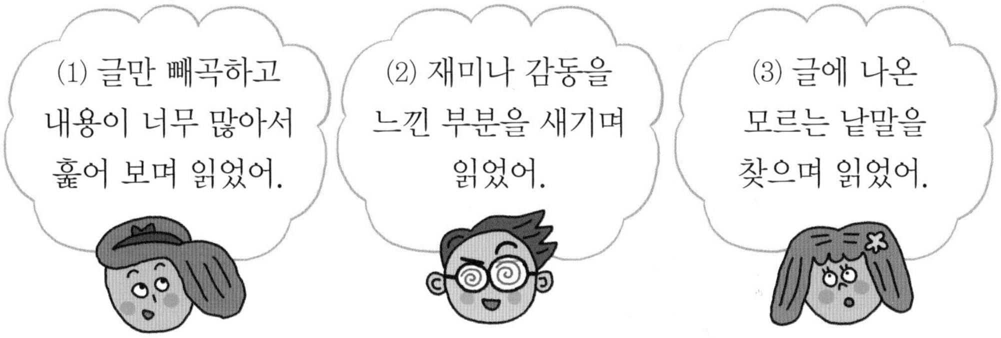

4 이황이 제자에게 전하고 싶은 '바른 독서 습관'을 ㉠을 활용해서 한 문장으로 쓰세요.

추론

독해 플러스

4주

훑어 가며 읽기

'훑어 가며 읽기'는 '통독'이라고 하는데, 한 자 한 자 집중해서 읽기보다는 눈으로 대략적인 내용을 훑어 보고 요점만 파악하는 독서 방법이에요. 공고문이나 기사문, 제품 설명서 등과 같은 실용문을 읽을 때에 내용을 죽 훑어 내려가며 읽으면 자연스럽게 전체 내용을 파악할 수 있어요.

훑어 가며 읽기

'훑어 가며 읽기'는 짧은 시간 안에 대략적인 내용을 훑어 보고 요점만 파악하는 방법이에요. 훑어 가며 읽으면 짧은 시간 안에 많은 양의 정보를 습득할 수 있어서 효과적이에요. 그런데 '훑어 가며 읽기'는 이미 읽었던 정보를 바탕으로 하기 때문에 신문이나 잡지, 공고문 등을 읽을 때 제한적으로 적용해야 해요.

1 신문과 잡지를 읽을 때

내일은 스승의 날, "선생님, 감사합니다"

5월 15일은 '스승의 날'이다. 한국 교원 단체 총연합회(교총)는 스승의 날을 맞아 13~19일을 '제67회 교육 주간'으로 선포하고 다양한 행사를 연다. 스승의 날은 언제, 왜 생겨났을까? 세계 각국의 스승의 날과 비교하며 선생님에 대한 공경과 사랑의 마음을 가슴에 품도록 해 보자.

『○○일보(20○○년 ○○월 ○○일)』

2 공고문을 읽을 때

층간 소음을 줄여 주세요

아파트는 벽과 천장, 바닥을 이웃과 함께 사용합니다. 너무 늦은 시간이나 이른 시간에 뛰거나 문을 세게 닫는 소리, 청소기나 세탁기 소리 등을 조심해 주세요.

공공질서를 지켜서 자라나는 어린이들에게 좋은 본보기가 될 수 있도록 협조를 부탁드립니다.

20○○년 ○○월 ○○일
○○아파트 관리 사무소

이번 주 나의 독해력은?	이번 주 학습을 모두 끝마쳤나요?	
	시와 이야기를 읽고 재미와 감동을 표현할 수 있나요?	
	낱말의 뜻이나 생략된 내용을 짐작하며 글을 읽을 수 있나요?	

정답 1. 제목 2. 낱말

세 마리 토끼 잡는

초등 독해력

정답 및 풀이

쪽수를 잘 보고 정확한 정답과
자세한 풀이를 만나 보세요.

1주 12~13쪽 개념 톡톡

★ 스무고개의 질문에 '예'나 '아니요'로 답하며 설명하는 물건이 무엇인지 빈칸에 씁니다.

1주 14~15쪽 독해력 활짝

1. ③ 2. 호랑이는 우리 민족과 친근한 동물입니다. 3. ⑴ ○ ⑵ ○ ⑶ ○ ⑷ ×

1. 이 글은 '애국가'에 대해 설명하고 있습니다.
2. 이 글은 호랑이에 대한 우리 민족의 관심과 표현을 설명한 내용입니다. 글 전체의 내용을 대표하고, 글쓴이가 말하고자 하는 내용을 담은 문장은 글의 첫 번째 문장입니다.
3. 이 글은 투호 놀이의 뜻과 경기 방법, 경기 규칙에 대해 설명하고 있습니다. 투호 놀이를 할 수 없는 사람에 대해서는 나와 있지 않습니다.

1주 16~17쪽 독해력 쑥쑥

1. ① 2. ⑶ ○ 3. ③ 4. ⑴ ○

1. 이 글은 김치의 유래와 종류 등 김치에 대해 설명한 글입니다.
2. 배추와 양념의 화학적 작용으로 김치가 익는 것을 발효라고 합니다.
3. 이 글은 각 문단의 중심 문장이 맨 앞에 있습니다.
4. 김치에 대해 설명한 글로 '김치의 특성'과 관련된 경험을 떠올려 궁금한 점을 말한 ⑴이 가장 알맞습니다.

1주 18~19쪽 개념 톡톡

★ 그림 속 상황을 파악하고, 내가 만약 그림 속 상황에 처한다면 어떻게 할지 생각해 봅니다.

1주 20~21쪽 독해력 활짝

1. ⑶ ○ 2. 절대로 비는 안 올 겁니다. 3. ⑶ ○

1. 마고할미는 아무도 없는 세상에서 혼자 지내다가 세상의 사물을 하나씩 만들기 시작했습니다.
2. 스님은 비가 올 것이라고 말했고, 농부는 비가 오지 않을 것이라고 말했습니다.
3. 부자의 입장이 되어 작고 보잘것없는 볍씨 한 톨도 소중히 여기면 큰 재산이 될 수 있다는 것을 몸소 보여 준 셋째 며느리와 나머지 며느리에 대해 알맞게 말한 친구는 ⑶입니다.

1주 22~23쪽 독해력 쑥쑥

1. ㉯ 2. ② 3. ⑤ 4. ⑶ ○

1. 이 글에서 걸리버는 온몸이 밧줄에 묶여 작은 사람들의 공격을 받았습니다.
2. 앞뒤 상황을 살펴 ㉠의 뜻을 생각해야 합니다. 작은 사람들이 걸리버가 공격하는 것으로 오해하고 공격하고 있으므로 ㉠은 공격하라는 명령어라고 짐작할 수 있습니다.
3. 걸리버는 작은 사람들의 공격에 당황스러워하고 있습니다.
4. 걸리버는 작은 사람들의 공격을 멈추고 싶을 것입니다. 따라서 글 속 상황에 알맞게 말한 것은 ⑶입니다.

1주 24~25쪽 개념 톡톡

★ 높임 표현을 할 때에는 '께', '께서', '-시-'를 사용하거나 높임을 뜻하는 특별한 낱말을 사용합니다.

1주 26~27쪽 독해력 활짝

1. (1) ○ (2) ○ 2. ③ 3. (1) 예 어서 와. (2) 예 밥상 차려 와. (3) 예 많이 먹어. (4) 예 벌써 가려고?

1. (1) 선비는 하인보다 사회적 지위가 높기 때문에 '께서, 십니다.' 등의 높임 표현을 써야 합니다. 하인이 스스로를 높인 (3)은 알맞지 않습니다.
2. '영우 어머니'는 높임의 대상이지만 '영우 동생'은 높임의 대상이 아닙니다.
3. 듣는 사람이 이 서방보다 높으면 높임 표현을 쓰고, 같거나 낮으면 예사말을 씁니다. '아들, 아우, 아가, 친구'에게는 예사말을 사용합니다.

1주 28~29쪽 독해력 쑥쑥

1. ⑤ 2. (3) ○ 3. 저희 어머니가 할머니께 드리래요. 4. 예 아래층 할머니 댁에 아기가 자고 있는 것

1. ㉠의 앞뒤 상황을 살펴봅니다. ㉠의 뒷부분에 ⑤와 같이 까닭이 드러나 있습니다.
2. 할머니는 웃어른이기 때문에 '께서', '-시-' 등의 높임 표현을 써야 합니다.
3. 할머니께 말씀드릴 때에는 할머니를 높이고 어머니를 낮추어 표현해야 합니다.
4. 끝부분의 '아, 그때 아기가 자고 있었구나!'에서 ㉣의 내용을 알 수 있습니다.

1주 30~31쪽 개념 톡톡

★ 글쓴이의 의견은 '~해야 한다.'와 같이 표현하고, 그렇게 생각한 까닭은 '~하기 때문이다.'와 같이 표현합니다.

1주 32~33쪽 독해력 활짝

1. (2) ○ 2. (1) 만화 영화(세일러 썬) (2) 스포츠 경기 3. (1) ② (2) ①

1. 글쓴이는 오늘 종례 시간에 있었던 일을 통해 편식을 하지 말아야겠다고 생각했습니다.
2. 아빠와 딸은 각각 텔레비전 프로그램 중 재미있는 것이 다릅니다.
3. 소라와 정민이는 집이 없는 동물들을 위한 먹이통을 설치하는 것에 대해 서로 반대되는 의견을 내세웠습니다.

1주 34~35쪽 독해력 쑥쑥

1. (2) ○ (3) ○ 2. (1) ② (2) ① 3. ㉮, ㉯, ㉱, ㉰ 4. 예 콩알 까기를 한 경험이 즐거워서 콩밥이 좋아졌기 때문이다.

1. '나'와 오빠는 콩을 깠고 엄마는 콩밥을 지으셨습니다.
2. 글쓴이가 생각한 것과 까닭을 파악해 봅니다.
3. 글쓴이는 엄마가 사 오신 콩꼬투리를 처음 보고 만져 보면서 느낌이 이상하다고 하였습니다. 그리고 오빠와 콩을 까면서 놀이를 하고 나서 콩밥을 먹었습니다.
4. 글쓴이는 콩알을 까고 놀이를 하는 과정이 즐거워서 콩밥을 많이 먹어야겠다고 생각했습니다.

1주 36~37쪽 개념 톡톡

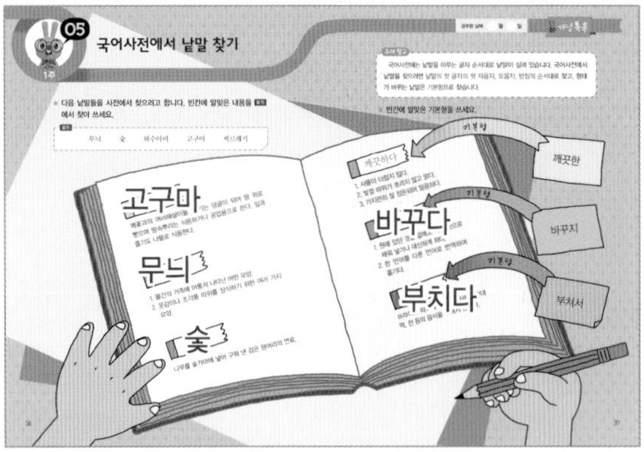

★ 낱말의 뜻에 알맞은 낱말을 찾아 쓰고, '깨끗–' + '–한'과 같이 형태가 바뀌는 낱말은 기본형인 '깨끗하다'로 바꾸어 써 봅니다.

1주 38~39쪽 독해력 활짝

1. ㉤, ㉢, ㉣, ㉠, ㉡ 2. ② 3. (1) ○ (2) × (3) × (4) ○

1. 국어사전에서 각 낱말은 첫 자음자와 모음자, 받침의 차례로 실려 있습니다.
2. '만지려고'의 기본형은 '만지다'입니다. 따라서 형태가 바뀌지 않는 부분은 '만지–'이고 형태가 바뀌는 부분은 '–려고'입니다.
3. 낱말의 글자 순서를 파악하고, 기본형으로 국어사전에서 정확한 뜻을 찾아야 합니다.

1주 40~41쪽 독해력 쑥쑥

1. ②, ④ 2. (1) ○ 3. 배출하다 4. ㉯

1. 인류가 현재 가장 많이 사용하는 연료는 석유이지만, 석유는 이미 고갈되어 있다고 설명했습니다.
2. 낱말은 글자의 순서대로 찾되, '첫 자음자→모음자→받침'의 순서로 찾아야 합니다.
3. '배출하는'의 기본형은 '배출하다'입니다.
4. 이 글에서 '바람'은 햇빛, 물, 땅의 열기, 생물 등과 같은 자연 현상을 뜻한다는 것을 알 수 있습니다. 국어사전을 통해 정확한 뜻을 파악한 것은 ㉯입니다.

2주 44~45쪽 개념 톡톡

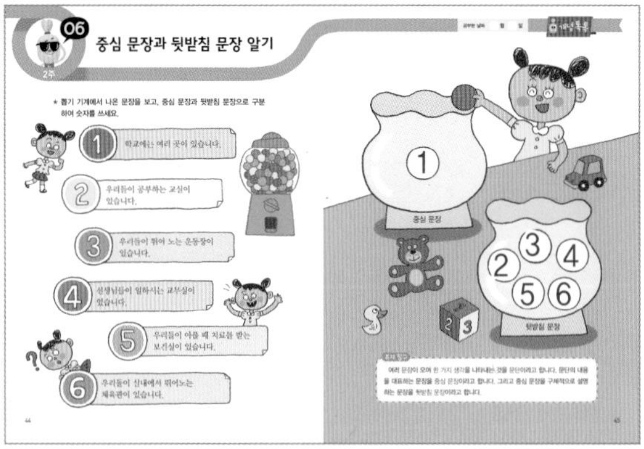

★ ①~⑥ 중 다른 문장들의 내용을 대표하는 중심 문장 하나를 먼저 찾아봅니다.

2주 46~47쪽 독해력 활짝

1. ㉠ 2. ㈎ 벌레를 잡아먹으며 살아가는 식물을 식충 식물이라고 합니다. ㈏ 이처럼 참새는 우리에게 친근한 동물입니다. 3. (1) ㉠, ㉡, ㉢ (2) ㉣, ㉤

1. 팽이치기의 유래와 놀이 방법을 모두 담은 내용을 찾습니다.
2. ㈎에서는 식충 식물에 대해 밝혀 설명한 내용이 문단을 대표하는 중심 문장입니다. ㈏는 우리 민족이 생각한 참새의 의미에 대해 쓴 문장이 중심 문장입니다.
3. 세 문단의 중심 문장은 모두 맨 앞에 있습니다.

2주 48~49쪽 독해력 쑥쑥

1. ① 2. (1) ② (2) ① (3) ③ 3. 예 지금의 거실과 같은 역할을 하는 곳으로 바람이 잘 통하도록 만든 공간입니다.

1. 한옥의 뜻과 특징, 한옥의 형태, 한옥의 종류를 모두 포함하여 대표하는 것은 '한옥'입니다.
2. ㈎~㈐의 중심 문장은 각 문단의 맨 앞에 있습니다.
3. ㈏는 중심 문장이 맨 앞에 있고, 뒷받침 문장은 온돌과 마루를 설명한 내용입니다.

2주 50~51쪽 개념 톡톡

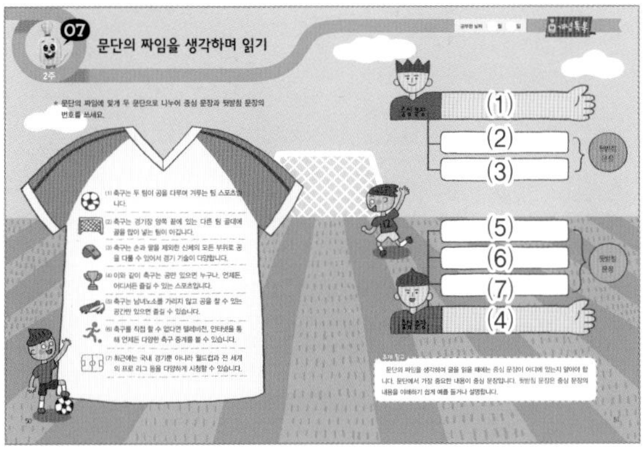

★ 문단의 중심 문장은 문단을 대표하고, 주로 문단의 앞이나 뒤에 위치합니다.

2주 52~53쪽 독해력 활짝

1. 줄넘기 운동을 하면 좋은 점이 많습니다. 2. (2) ○
3. (1) 예 식물은 동물과 다릅니다. (2) 예 식물의 뿌리, 줄기, 잎은 영양과 생장을 담당하고, 꽃은 식물의 번식을 담당합니다.

1. 줄넘기 운동의 여러 가지 좋은 점을 모두 포함한 첫 번째 문장이 중심 문장입니다.
2. 사물놀이 악기가 가진 소리의 특성을 설명한 뒤에 말하고자 하는 중심 내용을 문단의 뒤에 두었습니다.
3. (가)는 중심 문장이 맨 앞에 있고, (나)는 중심 문장이 맨 뒤에 있습니다.

2주 54~55쪽 독해력 쑥쑥

1. ② 2. (1) ○ (2) × (3) ○ (4) ○ 3. (1) ③ (2) ② (3) ① 4. (3) ○

1. 이 글은 오륜기의 모양과 그 의미에 대해 설명한 글입니다.
2. (2) 오륜기의 색깔이 피부색을 상징한다는 내용은 나타나 있지 않습니다.
3. (가)는 중심 문장이 문단의 맨 뒤에 있고, (나), (다)는 중심 문장이 문단의 맨 앞에 있습니다.
4. (다)는 중심 문장이 문단의 맨 앞에 위치해 있고, 4개의 뒷받침 문장으로 이루어져 있습니다.

2주 56~57쪽 개념 톡톡

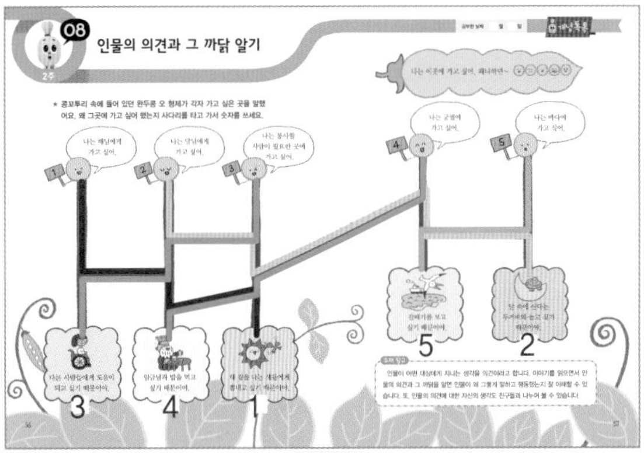

★ 사다리를 타고 가서 완두콩 오 형제가 각자 '그곳'에 가고 싶은 까닭을 파악해서 숫자를 씁니다.

2주 58~59쪽 독해력 활짝

1. (3) ○ 2. "옳지! 소금을 나오게 하면 큰돈을 벌 수 있을 거야." 3. (1) ② (2) ④ (3) ③ (4) ①

1. 황새와 조개의 말과 황새가 큰소리를 친 까닭과 조개가 코웃음을 친 까닭을 살펴보면 각각 의견을 찾을 수 있습니다.
2. 도둑이 맷돌을 돌려 소금을 나오게 한 까닭은 ㉠의 앞부분에 나타나 있습니다.
3. 눈, 코, 귀는 자신의 역할을 자랑하였고, 입은 잘난 것이 없다고 말하며 이들을 부끄럽게 했습니다.

2주 60~61쪽 독해력 쑥쑥

1. ㉰, ㉱ 2. ① 3. 행복하지 않다, 부질없기
4. (3) ○

1. 이 글에서 미다스 왕은 디오니소스의 경고를 새겨듣지 않고, 황금을 지나치게 좋아하는 인물로 그려졌습니다. 그리고 아무것도 먹을 수 없게 되자 그제서야 자신의 잘못을 깨닫게 됩니다.
2. 미다스 왕이 ㉠과 같은 소원을 빈 까닭은 뒷부분에 나타나 있습니다.
3. 미다스 왕은 먹을 것을 먹지 못하면 불행하다는 것을 뒤늦게 깨달았습니다.
4. 미다스 왕은 자신의 경솔한 소원으로 낭패를 당한 경험을 통해 자신의 잘못을 깨닫고 변하였습니다.

2주 62~63쪽 개념 톡톡

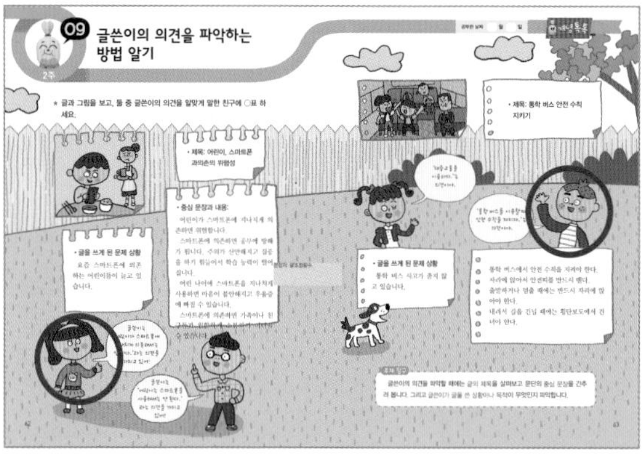

★ 그림과 글의 제목, 글을 쓴 상황, 중심 내용을 통해 글쓴이의 의견을 파악해 봅니다.

2주 64~65쪽 독해력 활짝

1. (2) ○ 2. ④ 3. (2) ○

1. 글쓴이는 몸에 달라붙는 옷, 거추장스러운 옷, 더러운 옷을 예로 들어 단정한 옷을 입자고 하였습니다.
2. 어린이 비만이 늘어나는 원인에 대한 의견이 나타난 중심 문장을 찾습니다.
3. 글쓴이는 욕을 하면 좋지 않은 점을 밝히고, 욕을 하지 말자고 하였습니다.

2주 66~67쪽 독해력 쑥쑥

1. ④ 2. 낭비 3. (1) (마) (2) (가) (3) (나), (다), (라) 4. (3) ○

1. 글쓴이는 제목을 통해 꼭 필요한 소비를 하자는 의견을 드러내고 있습니다.
2. 낭비는 '시간이나 재물 등을 헛되이 헤프게 씀.'이라는 뜻으로, '절약'과 뜻이 반대되는 말입니다.
3. 주장하는 글에서 처음 부분에는 문제 상황, 가운데 부분에는 의견에 대한 까닭, 끝 부분에는 의견을 다시 한번 강조하고 요약·정리된 내용이 들어갑니다.
4. 글쓴이는 계획 없이 소비를 하게 되면 안 좋은 점이 많다는 것을 알려 주고, 현명하게 소비를 해야 한다고 주장하였습니다.

2주 68~69쪽 개념 톡톡

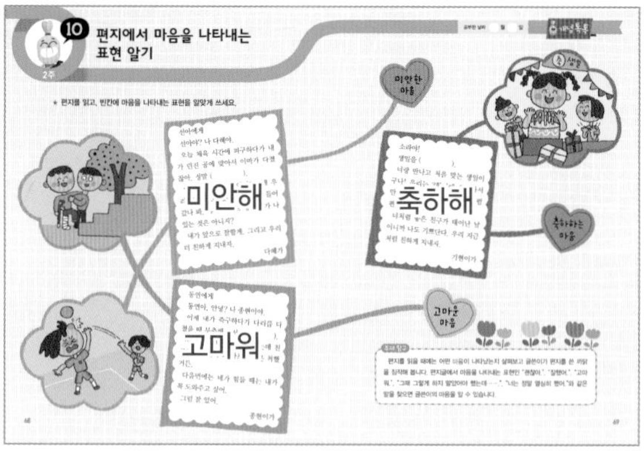

★ 글의 내용에 알맞게 고마운 마음, 미안한 마음, 축하하는 마음을 나타내는 말을 써 봅니다.

2주 70~71쪽 독해력 활짝

1. (1) ○ 2. (1) 예 그리워요 (2) 예 슬퍼요 (3) 예 마음이 쓰여요 3. (3) ○

1. 소정이는 각 상황에서 '창피함, 고마움, 미안함'을 나타내는 말을 썼습니다.
2. '보고 싶다, 마음이 아프다, 걱정이 되다.'와 바꾸어 써도 뜻이 달라지지 않는 말을 찾습니다.
3. 글쓴이는 마지막 부분에서 자신의 꿈을 밝히며 잎싹에게 열심히 살자고 다짐하였습니다. 따라서 이 편지를 쓴 방법을 알맞게 말한 것은 (3)입니다.

2주 72~73쪽 독해력 쑥쑥

1. (1) 제루샤 애벗 (2) 존 스미스 씨(키다리 아저씨)
2. ② 3. ㉢ 4. ⑤

1. 편지의 맨 앞에 '받을 사람'이 나타나 있고, 편지의 마지막에 '보내는 사람'이 나타나 있습니다.
2. 제루샤는 스미스 씨에게 자신을 후원해 준 것을 감사하는 마음을 표현하려고 편지를 썼습니다.
3. ㉢은 사실을 나타내는 말입니다.
4. 이 글의 마지막 부분에서 편지를 쓴 곳과 쓴 사람은 나타나 있지만, 쓴 날짜는 나타나지 않았습니다.

3주 78~79쪽 개념 톡톡

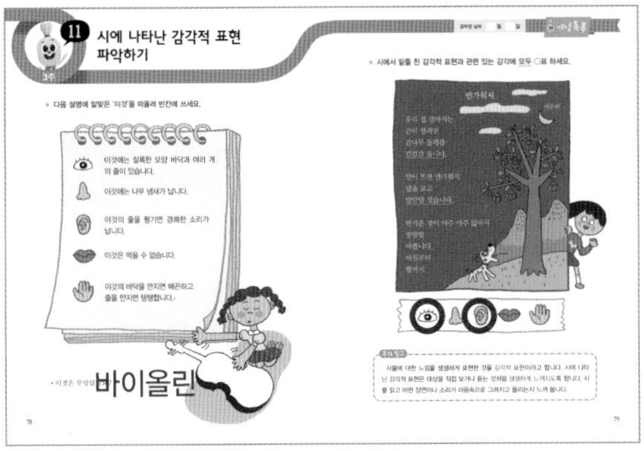

★ 다섯 가지 감각에서 무엇을 표현하였는지 떠올리며 읽어 보고, 표현한 '이것'의 이름을 씁니다. 또, 시에서 밑줄 친 표현과 관련 있는 감각을 골라 ○표 합니다.

3주 80~81쪽 독해력 활짝

1. ㉣ 2. ⑤ 3. (2) ○

1. 우산에 비가 떨어지는 모습을 감각적으로 표현한 낱말을 찾습니다.
2. ㉠과 ㉡은 멧새 소리의 맑고 청아한 느낌을 감각적으로 표현한 부분입니다.
3. 이 시는 샘물이 쉬지 않고 솟는 모습을 '송송송, 졸졸졸'과 같은 감각적 표현을 사용해 나타냈습니다.

3주 82~83쪽 독해력 쑥쑥

1. ⑤ 2. ③ 3. (2) ○ 4. 예 봄을 맞는 것이 즐겁게 느껴졌기 때문이다.

1. 이 시는 아이와 산책을 하며 아이와 마주 보고 웃었던 경험을 표현한 시입니다. ⑤의 일은 이 시에 나타나지 않았습니다.
2. '포슬포슬'은 덩이진 가루 등이 잘게 부스러지는 모양을 나타내는 말입니다. 이 시에서는 봄 햇살이 내리는 모습을 나타내었습니다.
3. '뽀끄뽀끄'는 뻐꾸기가 우는 소리를 감각적으로 표현한 말입니다.
4. 〈서술형〉 ❶ 상쾌한 아침에 봄 햇살을 맞으며 산책을 하고 있는 말하는 이의 기분을 떠올립니다. ⇨ ❷ 민들레꽃처럼 아이와 마주 보며 웃은 까닭을 짐작하여 씁니다.

3주 84~85쪽 개념 톡톡

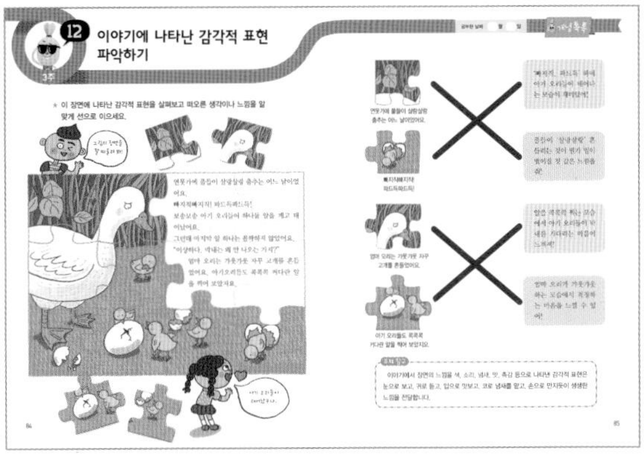

★ 이야기 속에서 색깔이나 모양, 소리, 냄새, 맛, 촉감 등 감각적 표현을 확인하여 어떤 느낌이 드는지 선으로 연결합니다.

3주 86~87쪽 독해력 활짝

1. (2) ○ (3) ○ (4) ○ 2. ⑤ 3. (3) ○

1. 꿀벌 마야가 나는 모습, 가슴이 뛰는 소리, 날개의 모습을 감각적으로 표현했습니다.
2. 늑대가 위협하고 첫째 돼지가 떨고 있는 장면에서 감각적 표현을 넣었을 때와 넣지 않았을 때를 비교해 보고, 그 효과를 생각해 봅니다.
3. 이야기 속 할머니 친구들의 행동이 생생하게 표현되어 어떤 느낌을 주는지, 이야기를 읽고 난 생각이나 느낌을 떠올려 봅니다.

3주 88~89쪽 독해력 쑥쑥

1. ④ 2. ⑤ 3. (1) ○ 4. 예 두 방귀쟁이는 달나라에서도 방귀 시합을 하였다.

1. 두 방귀쟁이는 서로 자신이 제일이라고 생각하고 상대에게 지지 않으려고 방귀를 멈추지 않았습니다.
2. ㉤은 일어난 일을 직접 설명한 부분입니다.
3. 방귀 시합의 규칙은 이 글에 나타나 있지 않습니다.
4. 〈서술형〉 ❶ 두 방귀쟁이가 달나라로 간 뒤 본 사람이 없었던 이유를 생각해 봅니다. ⇨ ❷ 이야기와 자연스럽게 연결되도록 방귀쟁이들이 달나라에 간 뒤의 일을 정리하여 씁니다.

3주 90~91쪽 개념 톡톡

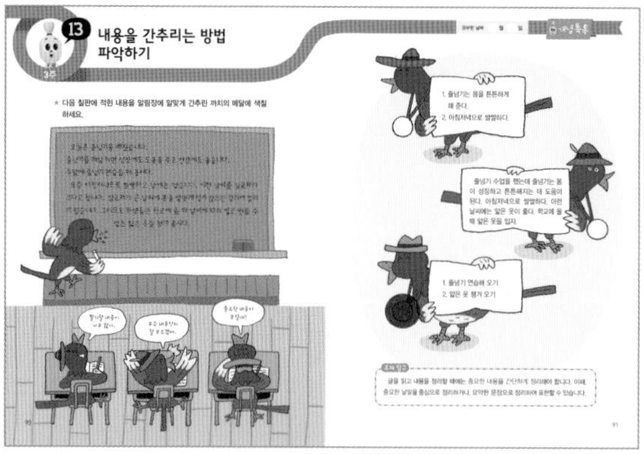

★ 칠판에 적혀 있는 내용에서는 크게 두 가지 중요한 내용을 알려 주고 있습니다. 중요한 낱말을 중심으로 정리한 것을 찾아봅니다.

3주 92~93쪽 독해력 활짝

1. ㉢ **2.** (3) ○ **3.** (1) 갈래꽃 (2) 통꽃

1. 원인과 결과에 따라 내용을 간추릴 때 '삼일절에 국기를 게양하는 것'의 원인은 '삼일절을 국경일로 정한 것'입니다.
2. 생활관에서 직업 체험 후 모임의 나무에 모여서 미래관으로 이동한다는 것을 알 수 있습니다.
3. 꽃은 꽃잎의 밑동이 붙어 있는지 떨어져 있는지에 따라 통꽃과 갈래꽃으로 분류합니다.

3주 94~95쪽 독해력 쑥쑥

1. ① **2.** ⑤ **3.** 예 전기를 만드는 데 필요한 자원은 한정적이기 때문이다. **4.** (2) ○

1. 이 글은 전기의 중요성, 뜻, 편리성, 위험성, 올바른 사용 방법에 대해 설명하였습니다.

2~3. ㈒는 전기를 만드는 방법과 전기를 아껴 써야 하는 까닭을 설명했습니다.

4. 글쓴이는 전기가 편리하기도 하지만 위험하기 때문에 안전하게 사용해야 한다고 했습니다.

3주 96~97쪽 개념 톡톡

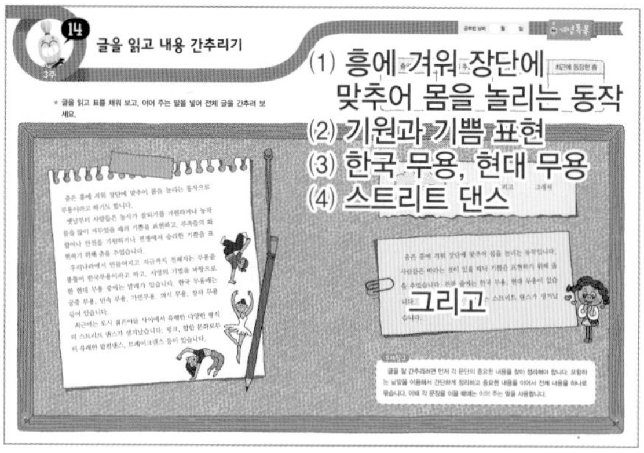

★ 각 문단의 중심 내용을 파악해 보고, 간추린 내용에 어울리는 이어 주는 말을 씁니다.

3주 98~99쪽 독해력 활짝

1. (3) ○ **2.** (1) 자연 (2) 도구 **3.** 예 백두산은 우리 민족이 신령스러운 산으로 받들어 온 산으로, 한반도에서 가장 높고 줄기가 가장 긴 산이다. 그리고 다양한 동식물이 살고 있다.

1. 이 글은 개의 다양한 특성에 대해 설명하고 있습니다.
2. 불, 바다, 하늘을 포함하는 낱말과 방아, 부지깽이, 빗자루를 포함하는 낱말을 찾아봅니다.
3. ㈎~㈐의 중심 내용은 각 문단의 첫 번째 문장입니다. 전체 글을 요약할 때에는 중요한 내용을 묶어서 하나의 글로 정리합니다. 그리고 이어 주는 말을 넣어 자연스럽게 연결합니다.

3주 100~101쪽 독해력 쑥쑥

1. ⑤ **2.** ① **3.** ㈐

1. 이 글은 우리 몸에 있는 각 부분의 역할에 대해 설명하고 있습니다.
2. 각 문단의 첫 번째 문장이 이 글의 중심 문장입니다.
3. 글을 간추릴 때에는 간추리는 사람의 의견이 들어가지 않습니다.

3주 102~103쪽 개념 톡톡

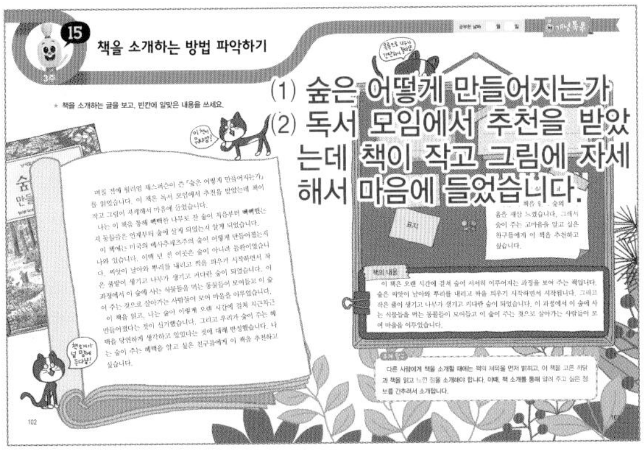

★ 책을 소개할 때 어떤 내용이 들어가야 하는지 파악하고 왼쪽의 글에서 빈칸에 들어갈 내용을 짐작하여 씁니다.

3주 104~105쪽 독해력 활짝

1. ④ **2.** ③ **3.** (1) 예 갯벌에는 조개와 물고기, 새뿐 아니라 게, 낙지, 개불, 맛조개, 불가사리, 뜰장게 등 많은 생물들이 살고 있다. 따라서 바다에 함부로 쓰레기를 버려 오염시키면 안 된다.

1. 텔레비전과 컴퓨터, 휴대 전화가 없던 옛날에 사람들은 어떻게 지냈는지 궁금해하는 데서 소개하는 까닭을 짐작할 수 있습니다.
2. 이 글은 세포의 뜻, 종류, 크기, 변화 과정에 대해 설명한 책의 내용을 간추린 것입니다.
3. 빈칸에는 글쓴이가 소개한 책 내용을 간추린 내용이 들어가야 합니다.

3주 106~107쪽 독해력 쑥쑥

1. 모네의 정원에서 **2.** (2) ○ **3.** (1) 화가 (2) 카미유 (3) 정원 (4) 빛 **4.** ⑤

1. 이 글은 『모네의 정원에서』를 읽고 다른 친구들에게 이 책을 소개한 글입니다.
2. 글쓴이는 책의 내용을 소개하면서 모네가 빛의 변화를 중요하게 여겨 이를 바탕으로 그림을 그렸다고 하였습니다.
4. 글쓴이는 그림을 좋아하는 사람에게 이 책을 추천하고 싶다고 하였습니다.

4주 112~113쪽 개념 톡톡

★ 주어진 장면에서 일이 일어난 까닭과 그 결과 일어난 일을 살펴봅니다. 일의 까닭이 되는 장면과 결과의 그림에서 어떤 일이 일어났는지 상상해서 씁니다.

4주 114~115쪽 독해력 활짝

1. (1) 4 (2) 2 (3) 3 (4) 1 **2.** ⑤ **3.** 예 영감은 마을 사람들에게 들켜서 흠씬 두들겨 맞았어요.

1. 백설 공주가 사과를 먹고 쓰러진 일의 원인과 결과를 생각하여 차례를 생각해 봅니다.
2. 형이 떡을 다 떼어 먹어서 떡이 사라진 까닭은 막내가 형에게 자랑을 하려고 떡을 가져왔기 때문입니다.
3. 앞의 내용과 자연스럽게 이어지는 뒷이야기를 생각해서 써 봅니다.

4주 116~117쪽 독해력 쑥쑥

1. (1) ○ (4) ○ **2.** ① **3.** ⑤ **4.** 예 꾀부리지 말걸 그랬어!

1. (2) 냇물에서 미끄러진 것은 당나귀입니다. (3) 소금 장수는 꾀를 부린 당나귀를 꾸짖었습니다.
2. ㉠과 ㉡은 당나귀가 냇물에서 넘어졌기 때문에 생긴 일입니다.
3. 앞의 내용을 통해 소금 장수는 당나귀에게 벌을 내릴 것이라고 상상할 수 있습니다.
4. 〈서술형〉 ❶ 당나귀가 꾀를 부려서 낭패를 당한 일이 무엇인지 자세히 살펴봅니다. ⇨ ❷ 당나귀가 잔꾀를 부려 후회하는 내용을 담은 제목을 떠올려 씁니다.

4주 118~119쪽 개념 톡톡

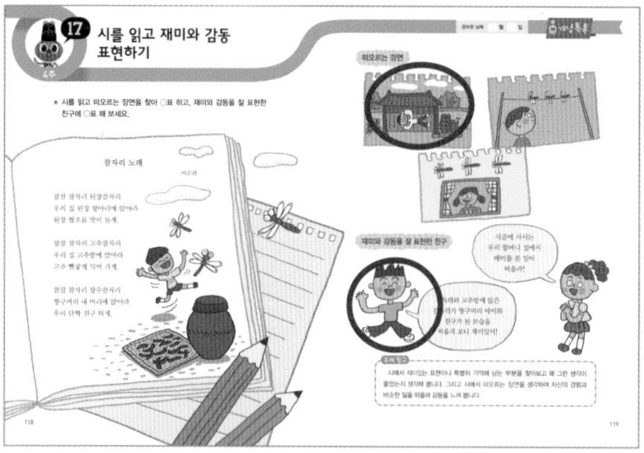

★ 시를 읽고, 시의 내용과 자신의 경험을 바탕으로 시에 어울리는 장면을 떠올려 봅니다.

4주 120~121쪽 독해력 활짝

1. ⑵ ○ 2. ③, ⑤ 3. ⑶ ○

1. 이 시는 새봄의 풍경을 표현한 시입니다. 따라서 봄이 와서 새싹이 돋고 꽃이 핀 장면을 고릅니다.
2. 이 시는 오리를 학생에 빗대어 재미있게 표현한 시입니다. 시의 내용이나 시 속 인물의 마음을 떠올려 보고 재미나 감동을 표현한 것은 ③, ⑤입니다.
3. 할머니 댁에 갔을 때의 경험이나 마중 나온 가족에 대한 경험을 떠올린 것은 ⑶입니다.

4주 122~123쪽 독해력 쑥쑥

1. ⑷ ○ 2. ③ 3. ⑵ ○ 4. 예 바람아, 반가워!

1. 이 시는 바람이 불어 빈 병에서 소리가 나는 모습을 재미있게 표현한 시입니다.
2. 바람이 한 말에서 빈 병을 가엽게 여기는 마음을 짐작할 수 있습니다.
3. 이 시에서 병은 기분이 좋았다고 하였습니다. 따라서 ⑵는 시에 대한 감상으로 알맞지 않습니다.
4. **〈서술형〉** ❶ ㉡에 담긴 병의 마음을 파악합니다. ⇨ ❷ 병의 입장에서 마음을 표현하는 말을 씁니다.

4주 124~125쪽 개념 톡톡

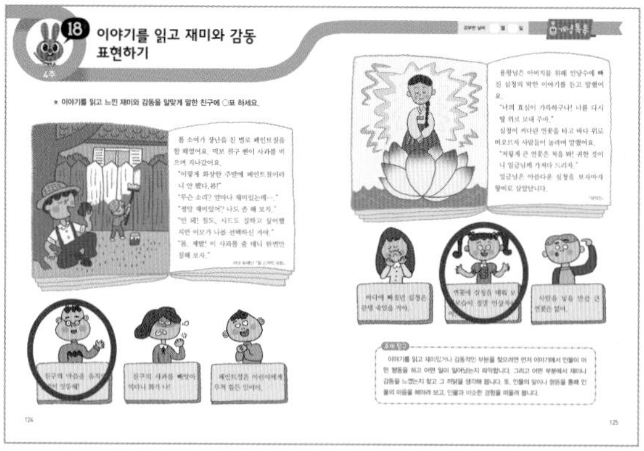

★ 이야기의 내용을 파악한 다음 인물과 비슷한 경험을 떠올려 보고, 인물의 마음을 헤아려 보면 이야기에서 재미있거나 감동적인 부분을 찾을 수 있습니다.

4주 126~127쪽 독해력 활짝

1. ⑶ ○ 2. ③ 3. ⑶ ○

1. 이야기의 내용을 바탕으로 재미나 감동을 느낀 것은 ⑶입니다.
2. 일 년에 한 번 짧은 만남을 하는 견우와 직녀는 서로 그리워할 것입니다.
3. 너무 욕심을 부려서 낭패를 당한 경험을 말한 친구는 ⑶입니다.

4주 128~129쪽 독해력 쑥쑥

1. ⑵ ○ ⑷ ○ 2. ④ 3. ⑶ ○ 4. 예 거울 보고 자기 얼굴도 모른다.

1. ⑴ 선비는 한양에서 거울을 샀습니다. ⑶ 선비가 보름달을 가리키자 상점 주인은 선비에게 동그란 거울을 주었습니다.
2. '선비가 한양에~보름달이 된 것이었지요.'에 그 까닭이 나타나 있습니다.
3. 이야기의 상황과 인물의 마음을 잘 파악하여 느낀 점을 알맞게 표현한 것은 ⑶입니다.
4. **〈서술형〉** ❶ 보기와 '낫 놓고 기역자도 모른다'의 뜻을 파악합니다. ⇨ ❷ 거울을 보고 자기 얼굴도 알지 못하는 아내의 상황을 파악하여 문장으로 씁니다.

4주 130~131쪽 개념 톡톡

★ 글에서 낱말의 앞뒤 문장이나 낱말을 살펴보고, 그 뜻을 짐작해 봅니다.

4주 132~133쪽 독해력 활짝

1. (1) ○ 2. ③ 3. (1) ① (2) ② (3) ① (4) ②

1. 이 글의 마지막 문장에서 문화를 이해하는 일과 같은 일이 무엇인지 파악합니다.
2. ㉠의 앞뒤 내용에서 ㉠의 뜻을 짐작하고 낱말을 바꾸었을 때 뜻이 통하는 낱말이 무엇인지 생각해 봅니다.
3. '빚다'는 '흙 등의 재료를 이겨서 어떤 형태를 만들다.'라는 뜻으로 '반죽하다'와 뜻이 비슷한 낱말입니다.

4주 134~135쪽 독해력 쑥쑥

1. ① 2. (2) ○ 3. ⑤ 4. 예 부엉이와 박쥐는 야행성 동물이다.

1. 이 글은 동굴의 뜻, 동굴의 생성 과정, 석회암 동굴, 동굴에 사는 박쥐 등 동굴에 대해 설명하였습니다.
2. 네 번째 문단에서 '종유석, 석순, 석주'를 각각 설명하였습니다. 종유석은 위에서 내려온 것, 석순은 아래에 쌓인 것, 석주는 위아래가 붙은 기둥을 뜻합니다.
3. '야행성'은 밤에 활동하는 성질을 뜻하는 낱말입니다.
4. **〈서술형〉** ❶ 야행성의 뜻(밤에 활동하는 성질)을 파악합니다. ⇨ ❷ 야행성을 가진 동물을 찾아 짧은 문장을 만듭니다.

4주 136~137쪽 개념 톡톡

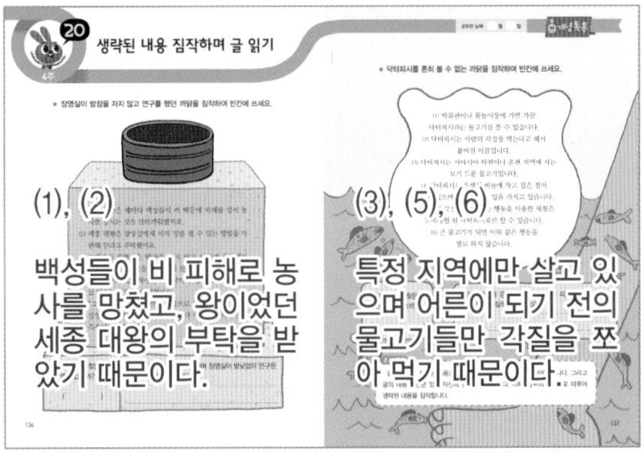

★ 두 가지 글에서 단계를 따라가며 생략된 내용이 무엇인지 짐작해 봅니다.

4주 138~139쪽 독해력 활짝

1. ⑤ 2. (3) ○ 3. (2) ○

1. '가화만사성'은 가정이 화목해야 모든 일이 잘 이루어진다는 뜻으로, 뒤에 이어지는 문장을 통해 자세한 뜻을 짐작할 수 있습니다.
2. 이 글은 이가 없는 여러 동물들이 먹이를 먹는 방법을 설명한 글입니다. 이 글에서 (3)의 내용은 확인할 수 없습니다.
3. 두 번째 문단의 밑줄 친 부분의 내용에서 한복을 많이 입지 않은 까닭을 짐작할 수 있습니다.

4주 140~141쪽 독해력 쑥쑥

1. ① 2. (1) ○ (2) ○ (3) ○ 3. (1) ○ 4. 예 글의 내용을 마음에 깊이 새겨서 만족하는 것이다.

1. 퇴계 이황 선생은 여러 권을 읽기보다 한 권을 되풀이해서 읽기를 권하고 있습니다.
2. 책을 한두 번 읽으면 안 되는 까닭이 직접 드러나 있지 않지만 되풀이해서 읽었을 때의 좋은 점을 설명한 것에서 그 까닭을 짐작할 수 있습니다.
3. (2), (3)은 책을 제대로 읽은 경험을 말했습니다.
4. **〈서술형〉** ❶ '마음에 흐뭇한 맛을 느끼게 되는 것'의 뜻은 감동이나 만족을 한다는 뜻입니다. ⇨ ❷ 이황의 말에서 책을 읽고 나서 자기 몸에 배도록 공부해야 한다고 말한 부분을 참고하여 바른 독서 습관에 대한 내용을 씁니다.

축하합니다!
C1권 독해 능력자가 되었네요.
C2권에서 다시 만나요!

5권 구매 등록마다 선물이 팡팡!

세토 시리즈 래빗 포인트

★★ 래빗 포인트 적립하기

포인트 번호

DGM8-W86P-70W1-U5IU

1 래빗 포인트란?

NE능률 세토 시리즈 교재 구매 시 혜택을 드리는 포인트 제도입니다.
1권 당 1P가 적립되며, 5P 적립마다 경품으로 교환 가능합니다.
(시리즈 3종 포함 시 추가 경품 증정)

2 포인트 적립 방법

1 세토 시리즈 교재 구입
2 래빗 포인트 적립 페이지 접속 (QR코드 스캔)
3 NE능률 통합회원 로그인
4 포인트 번호 16자리 입력

3 포인트 적립 교재

- 세 마리 토끼 잡는 독서 논술
- 세 마리 토끼 잡는 초등 독해
- 세 마리 토끼 잡는 급수 한자
- 세 마리 토끼 잡는 초등 어휘
- 세 마리 토끼 잡는 역사 탐험
- 세 마리 토끼 잡는 초등 한국사

★ 포인트 유의사항 ★

- 이름, 단계가 같은 교재의 래빗 포인트는 1회만 적립 가능하며, 포인트 유효기간은 적립일로부터 1년입니다.
- 부당한 방법으로 래빗 포인트를 적립한 경우 해당 포인트의 적립을 철회하고 서비스 이용을 제한할 수 있습니다.
- 래빗 포인트에 관한 자세한 사항은 래빗 포인트 적립 페이지 맨 하단을 참고해주세요.

NE 능률